若い君が教えてくれたこと

佐藤和男
Kazuo Sato

文芸社

序章

和男は技術系の会社員で、プラントの開発に携わっている。

各地に建設されたプラントの、技術課題を解決する、多忙な日々を過ごしている。

開発途上であるプラントは、故障停止に至る課題を残したまま売却されたが、顧客にはプラントの問題点は知らされていない。

当然のようにプラントは故障し、異常を知らせる携帯へのメールは、深夜、休日問わず、和男の手元で着信を告げた。

やがて、同僚が大病を患った、脳梗塞だ。

《彼が脳梗塞になったのは、この異常を知らせる携帯メールのせいだ。携帯が鳴ると、俺も急に血圧が上がるのが分かる》

和男に無理をしないようにと言ってくれた、その本人が無理をしていた。

《彼が脳梗塞になったのは、突き詰めれば上司のせいだ》

そんな生活のなか、和男は、学生時代に綴った手記を見つけた。

新聞店に住み込み、朝夕の新聞配達と毎月の集金をしながら学費を稼いで学んだ日々。制約の多い生活のなか、多くの人との出会いがあった三年間。

残り一年となった学生生活の節目、新聞配達をして学んだ生活を振り返り、裏の白い広告用紙に思いを一気に書き綴った手記。

和男は、自分の書いた手記を読み返し、昔を懐かしく思い出すと同時に、問題に立ち向かう決心をした。

《この時の俺は、大学に行く金がなかったのに大学を卒業した。やるべきことをやり遂げた》

学生時代の手記が、彼を奮い立たせた。

《やってやろう。今の俺が昔の俺に負けるわけにはいかない》

目次

第一章　若い時の苦労

和男は、物心ついた時から市営住宅の五階（六畳二間）に、両親と兄と四人家族で住んでいた。

家でのプライバシーはない環境だ。

《どこでもいい、俺はここから離れて一人暮らしをする》

和男は、中学生くらいから、頻繁にそう考えるようになった。

高校三年の夏、和男は所属していた柔道部を引退し進路を決める時が来た。

《俺は大学に行く。家に金がないから学費は自分でなんとかする。仕事をして、一人暮らしをして大学に行く。遊ぶつもりも楽をするつもりもない。苦労をしてやる》

この時期、和男のもとへは専門学校や私立大学などが掲載された、リクルート冊子が多数送られてきていた。

リクルート冊子を見ていると、新聞奨学生制度の広告が和男の目に留まった。

男女がジョギングしている写真が載っているA４一面の広告で、新聞配達をすることで、学費を新聞社が肩代わりし、住居は通学に便利な場所にアパートを借りるか、もしくは新聞店に住み込みという内容が書かれていた。

家庭的な事情で大学進学が困難な学生にとって、新聞奨学生制度は絶好の進学助成制度であり、発足以来多くの学生が、この制度を利用して大学を卒業し社会へ巣立っている。

《これ、俺のためにあるような制度じゃん》

和男は、この制度を利用することを決めた。

この時、多くの学生がこの制度で挫折していることなど、和男には思いもよらなかった。その後の和男は、行動が素早かった。

新聞社は数社あり、どこも同じ制度を扱っていたが、和男は、最初に目にしたM新聞社の奨学生制度の連絡先に、電話をした。

「はい、M新聞育英会です」

「もしもし、今春高校を卒業予定で、奨学生制度を利用して大学へ進学したいのですが、詳しいことを教えてもらえないでしょうか？」

「少々お待ちください、担当と代わります」

少し待たされ、担当者が出た。

「お電話代わりました、奨学生担当の安藤です。よければ、M新聞奨学生会館で説明会が定期的にありますのでお越しいただくといいですね、先輩の体験談も聞けますよ」

やや年配の女性の親切そうな声だった。

「一番近い説明会はいつありますか？」

「八月十二日、日曜日の正午になります。場所は、M新聞奨学生会館の四階会議室です。お昼御飯が出ます。興味のあるお友達がいれば、誘っていらっしゃるといいですよ」

「ありがとうございました。八月十二日、日曜日の正午に伺います」

兄の大介が近くで聞いていた。

大介は設計事務所でアルバイトをし、夜間大学に通っているのだが、新聞奨学生制度に興味があった。

「俺も行ってみようかな？」


約束の八月十二日、日曜日。

和男は大介と二人でバスと電車を乗り継ぎ、都心のT駅についた。

そこから、下町の雰囲気がある通りを二十分ほど歩き、某大学理工学部のそばにあるM新聞奨学生会館に到着した。

古い建物の入口には、M新聞奨学生制度説明会会場と案内があり、階段を上がり二人は会場に入った。

「佐藤和男さんですか？　安藤です」

受付で安藤が和男に声をかけた。

「はい、佐藤です。兄も話を聞きたいと一緒に来ました」

兄の大介は軽く会釈した。

「今日はH大学の法学部に通っている先輩から話が聞けるから、聞きたいことがあれば、何でも質問するといいわ」

安藤は和男と大介に名刺を渡した。

「何か分からないことがあったら、ここに連絡ください」

名刺には、参事と肩書きが書いてある。

《参事って書いてあるけど、この人、偉い人なのかな？》

会場のテーブルには、重箱の弁当と缶ジュースが用意されており、各自昼食を始めていた。その後も数名が来場し、参加者は十六名になった。

各自の昼食がほぼ終了した頃、新聞奨学生の制度について説明が始まった。

説明された内容を要約すると、おおよそ次の通りだった。

① 入学金は新聞育英会が肩代わりをし、配属先の専売店が毎月育英会に返済していく。

② 前期・後期に支払いが必要な学費も同様に専売店が育英会に返済していく。

③ 学生は進学する大学に近い店に配属され、アパートか各専売所に住み込みとなる。

④ 三年間やり遂げると、入学金およびその時点までの学費の返済が完了する。

⑤ 四年間やり遂げると、海外旅行がプレゼントされる。

制度の説明は、一通り終わった。

「当新聞奨学生制度を利用して、H大学の法学部に通っている、先輩の谷崎さんを紹介します」

谷崎は眼鏡をかけた、細身でやや神経質そうに見える青年だった。

「谷崎です。何も話すことを考えて来ていませんので、皆さんに質問していただいて、それに答える形をとりたいと思います。何か質問はありますか?」

「この制度を利用した動機を教えてください」

初めの質問は出にくいもの、そう思い、和男はありきたりの質問をした。

「十八歳にもなって、親のスネをかじるのはカッコ悪いと思ったからです」

「カッコいいじゃん」

参加者の誰かが言った。

「辛いと思う時はありますか?」

女性が質問した。

女性は、何故か一箇所に集まって座っている。

「雨の降る日は辛いです。僕は眼鏡を掛けているので、雨が降ると眼鏡が乱反射をしてしまい見えにくくなって、いつもより時間がかかってしまいます」

「谷崎君には私がいろいろと相談に乗っています。私達育英会職員は、専売所と奨学生の間に入って、お互いが抱えている問題を話し合いで解決します。たとえば、体の弱い奨学生は、配達部数を減らしてもらうよう、専売所にお願いすることもあります」

育英会の安藤は、奨学生が困った時は、いつでも相談に乗ると付け加えた。

参加者から、活発に質問が出始めた。

「朝は何時起きですか？」

「三時半起きです」

「朝寝坊したらどうなりますか？」

「店長が来てドアをマシンガンのように叩きます。そして怒られます」

「授業中に眠くなることはありませんか？」

「よく寝ています」

「バイクの免許がなくても大丈夫ですか？」

「僕のところはみんなバイクに乗っていますが、どうなんでしょう、安藤さん」

「販売店次第だと思います。配属されたら販売店と相談してみてください」

「食事はどうですか？」

「僕の店には奨学生が六人いますが、みんなで朝御飯、夕御飯は販売店で食べています。美味しいので毎日楽しみです」

「夏休みはどうしていますか？」

「今は夏休み中ですが、趣味のギターを弾いているか、眠っているかのどちらかです」

「休みはもらえますか？」

この質問には育英会の安藤さんが答えた。

「それはね、販売店との話し合いや奨学生間の協力態勢によって違ってきます」

参加者のみんなが質問をした、近い自分の進路のこと、誰もが興味を持っていた。

約二時間の説明会は、あっという間に終了した。

中込みの書類一式と、M新聞社のロゴ入り文房具をもらい散会した。

帰り道、和男は大介と話した。

「あれはやめておいたほうがいい、挫折したら借金だけが残るぞ」

大介が電車のつり革につかまりながら和男に話しかけた。

「挫折しなきゃいいんだろ」

和男は柔道二段、体力には自信があり、挫折という言葉に反発した。

《俺は体力には自信がある、柔道で負けた相手は、私立高校の柔道ばかりやっている連中だけだ》

「親のスネをかじるのはカッコ悪いのかね？　あいつの家には金がなくて大学に行かせてやれないのだろうな。正直に言えばいいのにさ」

《それは正解かもしれない》

そう思いながら、

《両親に私立大学の授業料を払えるかどうか聞いたわけじゃないけど、普段の生活から察しがつく。貧しくても、それを認めたくない気持ちだってあるだろ》

和男は大介のことを腹立たしく感じた。

「授業中に疲れて寝ているんだぞ。自分で稼いだ金で払っている授業料を無駄にしているってことさ。そんなの意味ないんじゃないの?」
「彼は文系だから、少しくらいなら寝ても大丈夫なんだろ。俺は理系だから寝たりはしないよ」
和男は不愉快そうな顔をして反論した。
「あの谷崎っていうのは、じきに辞めると思うね。普通、育英会の職員に相談を持ちかけたりはしないだろ、店長は直属の上司なんだから、俺が店長だったら育英会に相談なんかされたら腹が立つと思うね」
《それはそうかもな》
更に大介は話し続けた。
「バイクか自転車かとか、休みとかは販売店次第だろ。配属された販売店次第では地獄かもしれないぞ」
《確かに、店によって当たり外れはあるかもな》
「毎日休みなく三時起きだぞ、マシンガンノックだぞ」
《起きるのが当たり前、早起きが習慣になればそれで終わりよ》
「学生なんて、夏休みや冬休みは遊ぶもんだろ。寝て過ごすなんてむなしいねぇ」
《不愉快だなぁ、だんだん腹が立ってきた》
「若い時の苦労は買ってでもしろというからな。俺は三年間続けてみせる」
和男は声を荒げて反論した。

若い時は、体も、脳細胞も、心も成長する。苦難を乗り越えれば乗り越えるほど、多くのことを経験すればするほど、身体も、脳も、心も強くなる。だから若い時の苦労は買ってでもしろという。これは正しい。

和男はそう思った。

第二章　案ずるより産むが易し

新聞奨学生制度の募集をしている新聞社は複数ある。

名前の知れた新聞社は、どこも新聞奨学生制度を運営し、やり手の少ない配達員を補充するために学生を募集している。

和男は、深く考えないでM新聞社の奨学生制度を利用することに決めた。

《お金の心配はいらない、あとは柔道の練習をしていた時間を勉強に充てて、大学に受かれば道は開ける》

新聞奨学生の選択、新聞社の選択は進路に関わる重要なこと、通常なら数社の資料を取り寄せ、説明会に出席し、比較検討する必要があるが、和男はそれを怠った。

進むべき方向が決まったら進めばいい、後先考えずに進めるのは若さの特権だ。


和男は、国立大学を含めて五校受験し、まずは私立の二校に合格した。

《勉強をあまりしないで、柔道ばかりやってきた俺にとっては上出来だ》

国立大学は、両親の田舎がある東北地方の大学を受験した。

この頃、新聞奨学生として進学することを、和男は担任や友人に話した。

「私ね、S専門学校に行くことにしたの」

山田智子が話しかけてきた。

「佐藤君は進路決まった？」

「多分T大学に行くことになる」

「へえ。T大学って裕福な人が行く大学でしょ」

「俺は新聞配達をしながら大学へ行く。新聞社が金を出してくれる」

「新聞配達って？　朝早く新聞配達してから学校に行くの？」

「そう、夕刊の配達もあるよ」

「夏休みはどうするの？」

「大学は休みだけど、朝夕の配達はすることになる」

「それじゃあ遊べないじゃん。学生は遊ぶものなのよ」

「何言ってんだよ。学生は勉強するから学生って言うんだろ」

「ちょっと、よく考えてよ、社会人になったら遊べないんだよ。学生のうちだよ、彼女作ったり旅行に行ったりできるのは」

「別に、社会人になっても遊べるし、彼女も作れるし、旅行にも行けるだろ」

「信じられない」

智子は怒って教室を出ていった。

《なんだあいつ、なに怒ってんだよ、感じ悪いな》

声を聞いた教師の佐久間が教室に入ってきた。

「新聞奨学生は大変だぞ。先生の友達にもいたけどなぁ、学校に来なくなって新聞配達だけをしていたよ」

《嫌なこと言うねぇ》

「そうですか、それはどうも」

和男は気のない返事を返した。

佐久間が続けた。

「世の中そんなに甘くないぞ、山田の言う通り、新聞奨学生はやめておけ」

さっきのこともあり、和男は気分が悪かった。

「あんたの言うことは聞きたくないね」

和男は教室を出ていった。


「佐藤、どうしたよ」

柔道部の桜井信也が話しかけてきた。

「実はなぁ、俺は新聞配達をしながら大学に行くことにしたんだけど、佐久間のやつがやめとけなんて言ったもんだから腹が立ったんだよ」

「ふーん、まあ、あんなやつの言うことは気にするな。ところでどこの大学に行くんだ?」

「国立の発表がまだだから確定ではないけど、たぶんT大学に行くことになる」

「えっ、T大学？　T大学って、あのお金持ちの行くお坊ちゃん大学か？　和男が行くのか？　新聞配達をしながらT大学に行くってか、マジかよ」

「T大学は、お金持ちの行く学校なのか？」

「知らなかったのか？　芸能人も行っているけど、寄付金も必要だし、ハンパじゃなく授業料が高いみたいだぞ」

《そういえば、他の大学と比べて、T大学の構内は掃除が行き届き綺麗だった。幼稚園から大学までが敷地内にあり、立派な教会もある。ベンツやポルシェ、BMWなどの高級車が幼稚園や小学生の子供達を迎えに来ていた》

和男は、受験でT大学に行った時のことを思い出した。

「そうか、そしたらお金持ちと友達になれるな。お金持ちの彼女を作って逆玉もありえるぞ、そしたらラッキーだな」

和男はふざけて答えた。

「和男のうちは貧乏だもんな。まぁ、それもいいんじゃない。けど、国立大が受かったら国立大に行くんだろ。ところで国立大はどこ受けたんだっけ？」

「I大学」

「東北の大学かよ、こっちにはお金持ちはいそうもないな。冬は寒いぞー。あんな寒いところで朝三時起きは人間のやることじゃないね、修行僧にでもなれば？」

《柔道ばっかりやっていて勉強に取り組んだのは数ヶ月、国立は落ちて当たり前。共通一

次（現・センター試験）は悪かったし、落ちるだろうから東北での早起きはないな》

「修行僧ねえ。柔道も修行だったな、桜井は修行（柔道）続けるのか？」

「柔道は高校でおしまい、俺は料理の専門学校に行って料理を極める。和男は東北で修行を続けて即身仏にでもなればいいじゃん」

「即身仏って何よ？」

「和男は無知だねぇ。即身仏っていうのは生きながらにして仏様になるっていう一番高級な修行のことだよ、お経を唱えながら死んでいくんだよ」

「ふーん、それは凄いね、それと比べたら新聞配達なんて足元にも及ばないな」

「そんなの真面目に比べるなよ。まあ、佐久間の言ったことなんて気にするな、何しろあいつはろくなもんじゃない」

《即身仏かぁ、カッコいい死に方だね》

和男は感心した。


和男は国立大学の発表を待ってから、私立大学へ行くことに決めた。国立大の合否が分かってからでも、T大学は入学金の支払いが間に合ったからだ。

やがて国立大学の発表があり、予想通りに和男は落ちた。そして、和男の進学先はT大学工学部機械工学学科に決定した。

進学先がT大学に決まると、T大学のことをいろいろと考えるようになった。

「えっ、T大学？　T大学って、あのお金持ちの行くお坊ちゃん大学だろ。和男が行くのか？　新聞配達をしながらT大学に行くってか、マジかよ」
桜井の言葉を思い出した。
《俺の個性と大学のカラーはミスマッチしているのか？　いやいや、お金持ちの彼女や友人ができるかもしれないぞ。まあ、一人暮らしができるのは間違いない》
「新聞奨学生は大変だぞ。先生の友達にもいたけどなぁ、学校に来なくなって新聞配達だけをしていたよ」
教師の佐久間が言ったことを思い出した。
《毎日早起きできるだろうか？　それもハンパでなく早い三時起き。三時なんていったら朝ではなくて夜だよなぁ。学校に行かなくなったら借金が残って、ただの新聞配達員になるのか。それは嫌だな。行かない学校の入学金を返済するための新聞配達なんて本末転倒だ》
家庭的な事情で大学進学が困難な学生にとって、新聞奨学生制度は絶好の進学助成制度であり、発足以来多くの学生がこの制度を利用して大学を卒業し、社会へ巣立っているが、途中で挫折した学生の数は分からない。
《俺は大丈夫、中学、高校と六年間柔道を続けてきたから、普通の学生よりも打たれ強さと体力がある》
和男は小学校の頃、突然上級生に理由もなく殴られた。それがきっかけで強くなろうと考え、ブルース・リーや空手に憧れ、夜、一人外で空手の練習をするようになり、中学生になると柔道部に入部した。中学校には空手部はなく、柔道部があったからだ。

理由もなく突然殴られた暴力を思い出すと、

《同じことをやってみろ、今度は倍にして返してやる》

和男はいつもそう考えた。

上級生に殴られたのがきっかけで柔道を始め、柔道が好きになった。

和男の住んでいた地区は、身近で暴力事件が起こることが少なくなかった。喧嘩に強くなることを目的に、和男は柔道の練習に休まず参加した。

和男は地道に練習を続け、恩師にも恵まれ、高校時代には県内でベスト8に入れる実力を身に付けた。

自分よりも大きな相手に勝ち、やればできるという前向きな心が養われ、技の反復練習を通じて根気が身に付いていた。

毎日畳に投げつけられることで体が丈夫になった。

打たれ強さ、体力、精神力、これらが、和男が柔道を続けて得た財産だ。

《今まで学校では勉強と部活をした。今度は部活が新聞配達に変わるだけのこと、新聞配達が、サボることのできないトレーニングになるってことだ》

他者にいろいろなことを言われ、思い煩うことがある。考えれば考えるほど不安になり、最初の一歩を踏み出せなくなる、そんな時、深く考えずに、やるべき行動をしてしまうといい。

それが、案ずるより産むが易しと言うことだ。

第三章　旅立ち

「お母さん、俺は新聞奨学生をしながらT大学に行くことに決めたよ」

和男は、母親に進路のことを話した。

「やめときなさい、お兄さんみたいに昼間働いて、夜学に通いなさい」

母親は新聞奨学生になることを反対した。

「もう決めた、明日、手続きにいくから印鑑貸してくれない」

和男は続けた。

「分かったわ、どうせ言うことを聞かないんだから、好きにしなさい」

母親は印鑑を持ってきて和男に渡した。

「ありがとう、お母さん」

《もう後には引けない、進むしかない》

和男の一歩先の未来が具体的になった。

《これから大変な経験をするのだろうが、若い時の苦労は買ってでもしろという言葉がある。虎穴に入らずんば虎子を得ずという諺もある、大変な経験は財産になるに違いない》

翌日、和男はT大学の入学関係書類、印鑑、印鑑証明など、必要書類や筆記用具を携え、

M新聞奨学生会館に向かった。

和男はスポーツバッグ一つ持ち、駅まで歩いた。約一時間あまりの道のり、バス代を節約するために歩いていく。

その途中、小学生の頃の同級生、戸田美奈に会った。

「佐藤君久しぶり、どこに行くの？」

「んー、東京の方」

「ところで佐藤君は、進路決まった？」

「T大学に行くことになった」

「へーそうなんだ」

「で、戸田さんの進路は？」

「S大学の農学部に行くの」

「すごいね、国立大学じゃん」

「それじゃ、またね」

「おお」

《S大学か、すごいね。彼女は勉強できたからな、頑張っているなぁ》

和男は、歩きながら少し不安な気持ちを抱いていた。

《この先、学校以外のこと、住むところなんかはどう決まっていくんだろうか？》

駅に到着し、電車に乗った。

電車は和男がこれから通うことになるT大学の前を通過した。

車窓から見える景色を眺め、やがてこの沿線のどこかに住むことになるのかなと、和男は漠然と考えていた。

春の気配を感じさせる、うららかな午後。

私鉄からJRに乗り換え、T駅に到着。W大学の方向に約二十分歩くと、M新聞育英会館に到着し、四階の手続き会場に入った。

数箇所に分かれて、奨学生が手続きをしていた。

安藤がいた。

「こんにちは佐藤君、手続きに来たのね」

「こんにちは安藤さん、お願いがあるのですけど」

「なあに、私にできること？」

「申し込み用紙にある親の署名を、代筆で記入してくれませんか？」

「ご両親の了解は得ているの？」

「はい、了解は得ています、印鑑と印鑑証明を持ってきました」

「そう、分かったわ、字を教えて」

「ありがとうございます」

「佐藤君と同じように、親御さんの代わりに代筆をするのはよくあることなの」

安藤の代筆で手続きを終え、和男は帰宅した。

《もう後へは引けない、前へ進むのみだ》

数日が経過した後、M新聞育英会から手紙が届き、配属先の新聞店が決まるまでの間、育英会館に宿泊して待機するように指示が記載されていた。

和男は、衣類や洗面具をまとめたスポーツバッグ一つを持ち、よく晴れた昼下がりに家を出た。

すがすがしい青空の下、バス代を節約するために一時間ほど歩いて駅へ向かった。電車がT大学前を通りすぎた。電車を乗り換え下車、歩いて育英会館に到着した。着くと、二段ベッドが多数並ぶ部屋に案内され、和男達はベッドに寝転がって名前が呼ばれるまで待機した。

やがて放送で名前が呼ばれた人は、それぞれが荷物をまとめて部屋を出ていく。配属先が決まると、配属先の店長が奨学生を出迎え、会館から各新聞店へと散っていく。早い者は、来た瞬間に名前を呼ばれて部屋を出ていった。

そんな状況のなか、それぞれが緊張をしていた。

これから新聞奨学生として学校に通う者達、同じ不安を持つ同年代、同室の者達は次第に言葉を交わし始め、打ち解けていった。

「俺、川端、某大学に行くんだ。徳島から来た」

「俺、斉藤、M音楽専門学校に行く。埼玉から来た」

「僕は、鈴木、Y予備校に行く。沖縄から来た。一年間だけ新聞奨学生をやる」

「俺、佐藤、よろしく。横浜から来た。皆と比べると、ここから一番近くからだね。T大工学部に行く」

待機するベッドの場所が近い若者達は、簡単な挨拶を交わし、打ち解けていった。

この間も放送で名前が呼ばれると、各自荷物をまとめて部屋を出ていく。

「いつ名前が呼ばれるか分からないから、くつろげないね」

「まったくだね、とっとと決まって早く移動したいもんだね」

「僕はパチンコに行ってくるよ。呼ばれたら、あとで教えてくれる？」

「やめといたほうがいいぞ」

鈴木がパチンコに行くというのを聞いて、斉藤が言った。

「大丈夫、大丈夫、僕は去年も新聞奨学生をやっていたから分かる。長いと二、三日は決まらないからね」

「なんだって。パチンコなんかに行かないで、俺達に経験談を聞かせてくれよ」

鈴木が言った言葉に川端が反応した。

「そうそう、俺も聞きたい」

他のベッドからも声がした。

「分かった分かった、何なりと聞いてくれ」

「去年もやっていたって、どういうことだい？」

「去年一年間浪人して予備校に行って、今年二浪が決まったから、また予備校に行くことにしたんだよ」

「ふーん、そういう場合、リセットされるのか？　つまり、店を変わるのかい？」

「希望すれば店を変わらなくてもいいけど、俺の場合一年契約だったのと、予備校を変えたかったからね、これまでとは違う予備校に通いたいわけ」

「どんな店長だった？」

「タコに似たおじさんだった。こっちの生活にあまり口出ししないし、いい関係だったと思っている。ただ、飲むと説教くさかったかな」

「部屋はどんな感じだった？」

「六畳一間の安アパートでトイレは共同、風呂なし」

「予備校はどうだった？」

「自分でカリキュラムを決めてやっていた」

「で、結果は？」

「見りゃ分かるでしょ、二浪しているんだから。これが現実さ」

「予備校の授業はちゃんと出ていたのかい？」

「まあ、半分くらいは出ていたかな、何しろ朝早いから毎日眠くて眠くて」

　その時、放送で鈴木を呼ぶアナウンスがあった。

「おっと、呼ばれた。今回は早いな、パチンコに行かなくてよかったよ。じゃあな」

鈴木は荷物をまとめて部屋から出ていった。

《みんなそれぞれの生き方が行動に表れる。俺は俺の思う通りに生きる》

配属店が決まった順に館内放送で呼び出され、一人、また一人と部屋から出ていく。だんだん人数が減り、寂しくなっていくなか、和男は次第に心細くなった。

その日、和男は放送で名前を呼ばれることなく、一泊することになった。夕食を食べる奨学生会館の食堂も人数が減り、昨日から打ち解けたのは斉藤、ひとりだけになった。

「静かになったな、なんだかしんみりした気分だ」

思わず和男はつぶやいた。

「みんな行ったな、俺達は明日には決まるだろうな」

斉藤が話しかけてきた。

「ところで、音楽の専門学校に行って歌手にでもなるのかい」

「ベーシストになる。ベーシストで成功したら歌にチャレンジする」

「へー、斉藤が有名になったらＴＶで見られるかな」

「これ、聞いてみる？　俺の歌。高校の文化祭で歌った時の録音」

「どれどれ、ふーん、声が松山千春に似ているね。まわりの喚声が凄いじゃん。人気あったみたいだね、すごいじゃん」

「まあね。けれど俺ぐらいのレベルは腐るほどいる。メジャーになれるのは奇跡に近いと思う。けど、今しかやりたいことはできないし、やってみないと諦めることもできないだろ？　佐藤は大学を卒業したらどうするんだ」

《斉藤は本音で話してくれた、俺も本音で話そう》

「TVで見た番組なんだけどな、何もない貧しい国に、日本人が井戸を掘って水を飲めるようにしたんだ。それまで子供達は泥水みたいな飲み水を、十キロも離れたところに汲みに行って、勉強どころじゃなくて、死んじゃう子供達もいたんだ。この番組を見て、俺は発電関係の技術者になりたい、そして、発展途上国の生活をよくしたいって思った」

「俺も似たようなテレビ見たことあるけど、何も感じなかったな。あえて大変な道を目指すなんて、佐藤はバカだな」

「俺は勉強しないで柔道ばかりやってきたからね、バカだよ」

「俺は利口な奴よりバカが好きだね。佐藤みたいなバカがいるから、世の中捨てたもんじゃないって思えてくる」

「それはどうも」

「俺達みたいなバカが世界を救うのかもよ。俺は平和と愛を歌うミュージシャン、佐藤は技術者を目指せばいい。金はなくても思いが強ければ実現するよ。お互い頑張ろうな」

「そうだな。新聞奨学生でダメになる学生が多いっていうけど、きっと思いが足りないんだろうね、辛さの先にある、なりたい自分への思いが」

その後、二人は食堂を離れ、二段ベッドが並ぶ待機部屋に戻った。
「お休み」
「じゃ、また明日」
和男はベッドに横になり、考えた。
《どんな店長のもとで働くことになるのかな?》
《どんな部屋で寝泊りするのかな?》
《大学はどんなだろう?》
《配達と勉強の両立はやっていけるだろうか?》
《きっと今頃、両親は心配しているだろうな》
《俺はバカだ、深く考えるのはよそう》

翌日の午前中、放送で和男の名前が呼ばれた。

「それじゃ行くから、元気でな」

「じゃあな、がんばれよ」

斉藤よりも先に和男の配属先が決定した。

和男は荷物をまとめて待機部屋を離れ、会議室で店長と面会した。

背の高い、優しい感じの店長だ。

「店長の北野です」

「佐藤和男といいます。よろしくお願いします」

「これからは、おじさんと呼んでくれればいいから。おじさんは和男と呼ぶからな」

「はい」

店長は背が高く痩せ型。事故で失ったのか指を一本欠いている。

《気さくでよさそうな人だ》

和男は店長と共に電車を乗り継ぎ、配属先の新聞店に到着した。

和男は、T大学から歩いていける配属先を想像していたが、通学には電車を乗り継いで行く必要があった。

M新聞S団地専売所、T大学に通うにはやや遠い場所が和男の新しい家となった。

店長と和男が到着すると、店長の奥さんが店から出迎えた。

《太った貫禄のある奥さんだなぁ。ここは、新聞のインクの臭いが新鮮に感じる》

「佐藤和男といいます。よろしくお願いします」

「眉が太くて強そうじゃない。よろしくね」

「はい」

着任日の夕食、和男は大きなハンバーグをご馳走になり、自己紹介を含め、いろいろな話をした。

北野店長のことは「おじさん」、奥さんのことは「おばさん」と呼ぶことになり、親戚のような親近感を持った生活になった。

《いい店に来てよかった》

店舗は鉄筋コンクリート造りの三階建てで、住居を兼ねている。

面白いことに、建物に向かって右半分は和男が配属されたM新聞S団地専売所、左半分はY新聞専売所であった。

商売上のライバルであるため、隣とは仲が悪く、隣の誰とも口を利くなと、和男を含む配達員全員に北野店長は言った。

後日、雪が降った時には、両店舗を区切るように、除雪によって中央に雪の壁ができた。

店長家族は、北野店長、奥さん、高校一年の娘・裕子、小学校六年生の息子・徹。

家族以外の住人では、和男より数日早く来た奨学生の林和也、専業配達員の遠藤、という顔ぶれだった。

北野店長は話が好きで、人生論についてよく話した。

和男は、北野店長の息子・徹と同じ部屋で生活し、風呂に入るのも一緒だった。和男は、弟ができたように感じた。

そして、翌日から、新聞配達が始まった。

第四章　早起きは三文以上の得

和男がM新聞S団地専売所に配属された翌日、朝三時半。

「朝よ、起きて」

和男は奥さんに起こされた。

「あっ、どうもすいません」

目覚まし時計をかけていたのだが、眠りが深くて気付かなかったのだ。

和男は起きてすぐに着替え、二階の部屋から一階の店舗に下りた。

配達初日、三月も終わりに近づいた朝（夜？）は肌寒く、暗くて静かだ。

奥さんの乗るバイクの後ろから、和男がバイクでついて走り、配達場所へと向かう。

《高校生の時に、原付免許を取っておいてよかった》

初めて乗る新聞配達用のバイク、ヤマハ・メイトはカッコのいいバイクではない。ホンダのスーパーカブと同じ構造で、クラッチレバーなしの三段変速。左足で変速ギヤを下に踏み込んでギヤチェンジするもので、左手が自由に使える利点があった。

スーパーカブは、出前ができるバイクとして開発されたもの。運転に慣れてくると、走りながら左手でポストに新聞を入れることができる。

少しずつ明るくなっていく早朝、通行する人も車もない。

信号機は、赤や黄色の点滅をしている。

早朝の街中を冷たい風を切ってバイクで走る感覚を、和男は心地よく思った。

二十分程度バイクで走り、新しくできて間もない団地に到着、和男は奥さんの指示に従い、配達を開始した。

「そこの階段上がって五〇四」

「そこの五〇一と三〇一と二〇一」

下にある集合ポストではなく、階段を上がり各戸のドアポストに新聞を投函した。

和男は物心ついた時から、市営住宅の五階に住んでいたために、階段の上り下りは生活の一部であり、更に、柔道部の練習で足腰を鍛えていた。

和男は配達をしながら思った。

《小さい頃から家が団地の五階、柔道部で鍛えた足腰。ハマリ役じゃん、目的をもったサボれないトレーニングだな、こりゃ》

役に立ちたいという気持ち、奥さんを喜ばせたいという気持ちから、配達初日は階段のすべてを一、二段飛ばしで駆け上り、駆け下りた。そして、一時間二十分で、初めての配達は終了した。

「早いわねー、スーパーマンみたい」

奥さんは嬉しそうに目を細めて言い、和男の肩を叩いた。

和男は笑顔で応え、心の中に決意が生まれた。

《これからは、土、日も含めて、毎日がトレーニングだ》

次の日、和男は足の筋肉痛をこらえて階段を上り下りした。

和男はペースを落とさなかった。

《これから年八回の休刊日以外、毎日、サボらずにトレーニングができる。どうせなら足腰ばかりでなく上半身も鍛えよう》

和男は、もともとトレーニングを日課としていたため、朝刊の配達が終わってから朝食までの一時間、自主トレーニングを開始した。

近くの小学校、誰もいないグランドで懸垂、腕立て伏せ、短距離ダッシュなどのトレーニングをこなした。

店長に、息子を鍛えてやって欲しいと言われ、徹と一緒に校庭に行くようになった。

「まず、腕立て伏せ三十回ね」

二人で向き合って腕立て伏せ、徹は苦しそうな顔で腕は少ししか曲げていない。

「それじゃあ意味ないよ。十回でいいからもう少し曲げて」

徹は腕を曲げて下まで体を下げると、潰れてしまった。

「補助をするから三回だけやろう」

和男は徹のお腹の辺りを上に持ち上げるように支え、数を数えた。

「はい、いーち、にーい、さん」

和男は徹の力を引き出すように、適度な力で補助をした。

徹はプルプルとふるえ、真っ赤な顔をし、歯を喰いしばって腕立て伏せをした。

「それじゃあ今度は俺が腕立て三十回やるから数を数えて。そしてラスト三回は上に乗ってくれ」

「和男君すごいね」

徹は和男の上にのって上下しながら言った。

「次は、あの鉄棒で懸垂ね、ちょっとやってみて」

徹は鉄棒にぶら下がるのが精一杯、やがて、鉄棒を握る手が開きはじめて落ちそうになる。和男は徹の腰の辺りを両手で持って、上に持ち上げるように補助をした。

腕立て伏せの時と同様に、和男は徹の力を引き出すように適度な力で補助をした。

「はい、いーち、にーい、さん」

徹の体はプルプルとふるえ、真っ赤な顔をしながら歯を喰いしばって懸垂をした。

「それじゃあ今度は俺が懸垂を十回やるから数を数えてくれる？　ラスト一回は腰に抱きついてくれ」

「和男君すごいね」

和男の腰に抱きついて徹は言った。

「次はダッシュね。配達で足腰は鍛えているから少なめ。あそこまで全力でダッシュして、後ろ向きのジョギングで帰ってこよう。よーい、どん」

「はい、そしたら、また腕立て伏せね」

「えー、まだやるの？」

「腕立て、懸垂、ダッシュをワンセットとして、三回やったら終わり。このトレーニングは、雨の日と日曜日は休みにしよう」

《地味なトレーニングの積み重ねが自分を強くする、自信につながる。俺は柔道を通じてそれを経験した。トレーニングは嘘をつかない》

朝の配達とトレーニングを終え、朝食を終えると眠くなる。

少しでも横になると眠ってしまいそうなので、和男は早々に大学へ行く。

《今眠れたら極楽だ、あー眠りたいよー》

和男は眠りたい気持ちをかわすように、すぐに通学した。

人との闘いではなく、まさに自分との闘いであった。

自分との闘いに勝つのに、新聞店の店長夫妻、そして徹の目があることが助けとなった、学校を休んで部屋で眠るわけにはいかない環境が、和男の眠りたい欲求に打ち勝つ抑止力となったのだ。

また、これだけの思いを代償に、学費を払っている自覚が和男にはあった。

《配達で返済していく学費、もったいなくて遅刻もサボリもできないぞ》

T大学への通学は、配達用バイクでN駅まで五分、N駅から電車を乗り継ぎT駅で下車、

T駅から歩いて大学へ、片道四十分くらいの通学時間となる。

《足がだるい》

T駅から校舎までの道のりで、和男は毎日足がだるく感じた。校舎内の移動でも体がだるく感じ、精神的にも階段を上ることにウンザリしていた。大学での和男は、階段を上るのに手すりにつかまり、その姿は配達の時とは大違いで、周囲に哀愁さえ感じさせた。

夕刊の配達は朝刊の配達と異なり、下の集合ポストに新聞を入れればよいため、階段を上り下りしない分、体力的にも精神的にも、朝刊とは比較にならないくらい楽なものであった。

和男は、階段をかけ上がっている夢を見た。その時、布団の中で和男の足はバタバタと動いていた。

《厳しい環境で三年耐えれば、強くなれる》

《この生活は三年間しか味わえない、味わってやる、面白がってやってやる》

第三者が自分に言うように、和男は自分を励ました。

早起きは三文の得、これを三年間毎日続ければ、三文かける三年間分、それ以上に価値あるものを勝ち取ることになる、和男はそう思った。

第五章　誠

夕刊を終えると、徹と和男は一緒に風呂に入るのが日課となった。

徹は、和男と二人だけの時には、よくはしゃいだ。

すぐ隣で夕食の準備をしている母親がいることに気づかず、風呂の中ではしゃいだ。

湯船の縁に立ち、徹はふざけた。

湯船に浸かった和男が見上げると、毛が生えてないツルツルなおちんちんが上にあった。子供のおちんちんとはいえ、下から見ると迫力があった。

徹は上に注意を惹きつけ、和男のタオルの先を湯船につけていた。

「テレビで見た、毛細管現象の実験だよ」

徹が上から和男に向かって、湯船のへりを指差して言った。

湯船のへりを見て、和男は徹のいたずらに気がついた。

体を拭く乾いたタオルの端が、少しだけ湯ぶねの湯につかった状態で湯船のへりに掛けてあったのだ。

「タオルが濡れるだろ」

「テレビで見た毛細管現象の実験だよ。水が引力に逆らって上に上がるのを試しているんだ」

「やめやめ、実験はやめ」

徹は笑いながら、今度は排水口に向かって小便を始めた。

「やめやめ、小便やめ」

「どうせ、下水に流れるからいっしょだよ」

「小便の臭いが風呂場に残るぞ、おばさんにおこられるぞ」

「やばっ」

徹はあわてて小便をやめ、排水口に洗剤と水を流しはじめた。


風呂から出ると、奥さんがいた。

「何していたの？　あんな楽しそうな徹の声、はじめて聞いたわ」

「はい、毛細管現象の実験です」

「えっ、何？」

徹は小学校六年生であるが、毎日休むことなく朝夕の新聞配達と折込作業をこなし、新聞に目を通す。

徹は両親と、社会情勢や政治に関して会話し、勉強はクラスで一番できた。しかし、体育は苦手だった。

両親に厳しく育てられ、大人びていたが、和男と二人の時は純粋に子供でいた。

和男は、徹と自然体で接した。

風呂の後は夕食だ。

食卓には店長夫妻、裕子、徹の家族と、専業配達員の遠藤、奨学生の和也と和男が揃う。配達や夕食が終わり、みんな少しほっとした気持ちになると、会話が始まる。

いつも、話し好きな店長がニュースに関するコメントを始める。

この日に話題となったニュースは、眠っている両親を息子が金属バットで殺害したというもの。息子は受験に失敗して二浪中だったという。

「この青年は、自分の努力が足りないのが悪いくせに、逆恨みをして、両親を殺したんだ。徹、こんな風になるなよ」

「大丈夫、徹は気が小さいから、あんな事件を起こすのは無理無理」

裕子が言った。

「そうね、いつも裕子に泣かされているものね」

奥さんが応じる。

「うるさいなー。大体、家には金属バットがないから、そんなことできないよ」

徹が反論した。

「俺には両親を殺した青年の気持ちがよく分かるな。我慢も限界に来たんだろうね」

和也が言う。

「背景には、受験至上主義の社会システムがあるね」

遠藤が言った。

「あの青年の人生はこれで終わったな、先を考えて行動しなきゃダメだ。先を考えることができないことも含めて、全部自分が悪いんだよ」

店長が言った。

和男は何も言わず、皆の意見を聞いていた。

和男の育った家では家族全員が無口で、いつも何も喋らず食事をし、大勢の前で自分の意見を言うことに慣れていなかったのだ。

「和男はどう思う?」

店長が意見を言うように促した。

「はい、あの青年も、今の俺みたいに家を出て、新聞奨学生をしながら浪人をしていればよかったと思います」

「おっ、いいこと言うなー、少し飲もう。お母さん、みんなにビール、子供にはコーラ」

その後、しばらく話してお開きになった。


和男と徹は一緒に部屋に戻り、和男は勉強を始めようと机に向かった。

「さて、実験レポートを仕上げるか」

和男が机に向かうと、徹も机に向かった。

二人は同じ部屋で過ごし、勉強机も二つ並んで置いてある。

二十分くらいで徹は勉強に飽きてきた。

習字の筆を取り出すと、隣で勉強する和男の顔を筆でくすぐり始めた。

「くすぐったいだろ」

和男は徹の手を払いのけて言った。

「くすぐったくない、耐えろ。この筆は日本の心だ」

徹は笑いながら、和男をからかった。

「何、日本の心だって？　ふざけるな」

和男は徹を引きずり倒し、足首を持って持ち上げた。

「逆さ吊りの刑だ」

徹はかえってはしゃぎ、大笑いした。

間もなく、和也が部屋へやって来た。

「ちょっといいかな、俺の部屋へ来ない？」

和也が和男を誘った。

「いいよ」

和男のあとから徹も来た。

「子供はだめ、勉強してな」

和也は徹に部屋へ戻るように言った。

「ちぇっ、つまんないの」

徹は部屋へ戻っていった。

和也の部屋には安いウイスキーやコーラ、氷、スナック菓子が用意してある。

「飲も、飲まなきゃやってらんない」

和也は、スナック菓子の袋を開け、紙コップにコークハイを作り和男にすすめた。

「ありがとう、いただくよ」

「俺、絵本の専門学校に通っている。和男は？」

「俺は、T大学の工学部機械工学学科に通ってる」

「何で新聞奨学生になったんだ」

「あんまり言いたくないけど、家にはお金がないからだよ、けれど、大学に進みたかった。発電関係の技術者として働きたいと思っている」

「ふーん、俺は絵本の専門学校に行っているけれど、本気で絵本作家になろうなんて思っていない。とにかく家から離れたかったんだ」

「家で何かあったのかい？」

「小さい頃から、勉強とかピアノとかを押し付けで習わされてきた。嫌でしょうがなかった」

和也はコークハイを飲み干してから答えた。

「ピアノが弾けるなんてカッコいいじゃん」

「まあね、『マイ・ウエイ』だったら今でも譜面なしで弾けるよ。好きな曲だったら誰かに負けることはまずないね」

「だったら、ピアノを習わしてくれた両親に感謝してもいいんじゃないの？」

「感謝？　誰が感謝なんかするもんか。両親は女の子を望んでいたんだ。よくそう言っていた。だから無理やりピアノを習わされたんだ」

「へー、けど、ピアノが習えること自体凄いじゃん。裕福なんだね」

経済的に余裕がない家で育った和男には、羨ましく感じられた。

「うちには金だけはある、おやじは建設会社の社長をやっているし、母親は水商売をしている。二人とも仲が悪くてさ」

「だったら、親が専門学校の学費は出してくれるんじゃないの」

「あんな親に学費なんか出してほしくないね」

「何かあったのかい」

「両親はそれぞれ別居していて、家にはほとんどいないから、俺は、家庭教師とピアノの先生と、家政婦に育てられたんだ。とても親なんて呼べる存在じゃないだろ、ほとんど顔を見ることもなかったんだから」

「なんか、いろいろともったいない話だね。俺から見ると羨ましいことだらけだよ」

「和男の家はどうなんだ？」

「うち？　うちは父親は小さな時計店をやっているし、母親はパートで働いている」

「時計店だったら裕福なんじゃないのか？」

「とんでもない、今や時計はコンビニでも売っているだろ、儲からないよ。そのうえ、店は一回火事で全焼しているし。学費を出してくれとは、俺は言えなかった」

「そっか、話を変えよう。俺、付き合い始めた女がいるんだ」

「まだ一週間しか経ってないのに早いね、絵本の専門学校の子？」

「そう、にきびがたくさんある、牛に似た胸の大きい子」

二人ともコークハイを飲みながら少し酔っ払っていた。

「ふーん、うらやましいね」

「絵本の専門学校だけあって、女の子はたくさんいる。今度誰か紹介しようか？　和男は真面目だから、真面目な子がいいだろうな。そうだ、大田さんなんか和男に合うかもしれないな、あの子の胸は形がよくて張りがあるし、おばさんになってもきっと型崩れしないよ。それにきっと彼氏はいないな」

「へー、一回見てみたいね」

「一回見てみたいって、俺の通う学校？　それとも大田さんの胸のほう？　どっち？」

「そりゃあもちろん……」

《和也は俺にないものを持っている。俺には一週間で彼女を作ることなんて、異次元の話だ。和也は話が上手だし頭の回転も早い。和也のお蔭で彼女いない歴が終わるかもしれない》

「明日、彼女とプラネタリウムへ行ってくる」

「そうか、頑張れよ。俺は実家に帰ってみる」

和男は家を離れ、いろいろな人と接し、刺激を受けた。

《みんな、話が上手だ。俺は話下手だ。この環境は、俺の脳の中の言語に関するシナプスの配列が、活性化する環境かもしれない》

自分にないものを皆がもっていると、和男は感じた。

聖書に「言葉は先にあり」と書いてある。

それほど言葉は重要だ。

和男は極端に言葉が少ない。

そして、新聞店の家族みんな、遠藤、和也、みんな和男より言葉を多く発する。

《俺は学校と新聞配達を三年間やり遂げる、これが今の俺の思いを表す言葉だ》

言ったことが成ると書いて「誠」という字になる。和男が新聞奨学生として、三年間、大学と新聞配達を継続してやり遂げた時、和男の言葉は誠となるのだ。

第六章　第二の天性

日曜日は夕刊の配達がないため、和男は実家に帰り、和也はデートが習慣となった。

日曜日の朝、和也と和男は共に販売店をあとにして、二人揃って配達用のバイクで駅へ向かい電車に乗った。

「和男の家まで、何時間くらいかかるんだ？」

和也が尋ねた。

「S駅で降りて乗り換えて、C駅に出て、あとはバスで行ったとして、二時間くらいだね」

「結構かかるね。ところで家には電話の一本も入れたのか？」

「いや、入れてない」

「そうか、それじゃ家に誰もいなかったらどうするつもりだ？」

「日曜日は母親がいるはずだし、もし誰もいなくても鍵があるから入れる。必要なものを持って帰ろうと思う。和也はデートだね、うらやましいよ」

「まあね、あとで報告するよ」

「じゃあな」

電車はS駅に到着、二人は別れた。

和男は電車を乗り換えて、C駅まで行った。

C駅からはバス代を節約するために、三十分ほど歩いて市営の団地に向かい、午前九時半に実家へ到着した。

「ただいま」

母は洗濯物を干していた。

「帰ってきたの？」

和男の顔を見ると、母は少し驚き、涙声で話しかけてきた。

母は、和男に見られないように、廊下の陰で涙をぬぐった。

母は気が強く、和男に涙を見せたことはなかった。

母の気配に気付き、和男はこの一週間連絡しなかったことを後悔した。

「近いから、たまに帰ってくるからね」

和男は言った。

「そうね、近いんだもんね」

少し沈黙した後に、母はやっと答えた。

それ以上、二人共何も言わない。

母親は隠れて泣いた。

《悪いことしたな、連絡しなかったから相当心配していたんだ。ごめん、もう心配かけな

いよ、だからもう泣かないでくれ、お願いだから》
和男はこの時、母親の愛情を知った。
《この人は世界中で一番俺のことを心配してくれる。心配かけてごめん》
和男は心の中で謝った。
声を出すと涙声になるため、和男は何も喋れなかった。

やがて、母親は買い物に行った。

和男は、父や兄が買ってくる漫画雑誌を読み始めた。

《漫画を読むのを口実にして、たまに帰ってこよう》

母親は買い物から帰ってくると、和男のために昼御飯を用意し始めた。

昼御飯は、豚カツと山ほどのキャベツの千切り、なめこの味噌汁、漬物、デザートに杏仁豆腐。

「夕御飯を食べて行くんでしょ?」

「朝早いから七時半頃には帰る。買って帰って部屋で食べるからいいよ」

「今日は六時に夕御飯にするから、それと、おとうさんとお兄ちゃんも、今日は早く帰ってくるから食べていきなさい」

「じゃあ、そうする」

昼御飯を食べると、和男は昼寝をした。

目を覚ますと、すぐに夕御飯の時間になった。

和男の兄、大介がいた。

「おお、久しぶり」

和男が思わず声をかけた。

父親が帰ってきた。

「お帰り」

母親が玄関に出迎えた。

「ただいま」

「和男、お帰り」

父親が声をかけた。

夕御飯は手巻き寿司だった。

和男は、配達のこと、大学のこと、新聞店のことなど、新しい生活のことを一通り説明した。

家族との会話はあまり弾まない。皆、無口なのだ。

「朝、雨が降っていると、この雨の中、和男は新聞配達をしているんだね、大変だろうにねって、お母さんはいつも言っているよ」

父親が言った。

和男は涙をこらえて、手巻き寿司をほおばった。

やがて、テレビからサザエさんのエンディングテーマが流れる頃、和男は家族に別れを告げ、荷物を持って新聞店へ戻っていった。

夜道を駅まで歩く、家族と別れた直後、和男は寂しく感じていた。

《家族に借金を残すわけにはいかない。家族の中では俺が一番若いし体も丈夫だ。しかし、おふくろの涙は心にしみた、本当に》

食卓で一緒だった家族の顔を思い出すと、後に引けない気持ちになった。

そして、母親のことを思い出し、少し涙ぐんで歩いた。


やがて、市の境界を流れている川に差し掛かった。ここには不良がたむろしていることが多く、「かつあげ」される者もいる。和男が通りかかると、煙草を吸っていた不良二人が和男に向かって空き缶を蹴った。

「やる気か?」

和男は思わず大声で言った。

「やんねえよ」

「今、俺に向かって空き缶蹴っただろ、ふざけるな」

《相手は二人。同時に来たら回り込んで一列にして、一人ずつ片付ける》

「わりい、足がすべった」

二人は和男の気迫を感じ取り、何もしない。

和男は相手の気配に注意を払い、駅に向かって歩きはじめた。

和男は小学生の時、上級生に理由もなく殴られた。これがきっかけとなり、自分で空手の練習を続け、中学、高校と柔道部に所属して二段を取得していた。

《突然殴ってみろ、倍にして返してやる。そのための心の準備はできている。もし、やられたとしても、自分を嫌いにならなければそれでいい》

一人電車に乗る。

《さっきは喧嘩にならなくてよかった、一歩間違えれば俺は犯罪者だ》

暴力事件は、すべてを台無しにする。新聞配達をしながら学校に行く、それが台無しになり、親も悲しむことになる。

やがて、電車を乗り継ぎ、新聞店に戻った。

玄関の鍵はかかっていない。

「今戻りました」

返事はなかった。

みんな眠っていた。

部屋に入ると、徹が眠っていた。

《徹君の寝顔はかわいくて心が癒される、明日もお互い頑張ろうな》

翌日、いつも通り三時半から新聞配達の準備が始まった。

和男が折込作業をしていると、和也が三階の部屋から下りてきた。

「今日の夜、俺の部屋で飲まない？」

和男の隣へ来て、話しかけた。

「少しならいいよ」

その日の夜、二人は和也の部屋で話した。

「昨日のことを聞いてくれよ」

「牛に似た子とプラネタリウムに行ったんだよな、どうだった」

「プラネタリウムで手を握ろうとしたら、彼氏がいると言われた」

「そうか、残念だったな」

「今日学校で会っても気まずかったし、もう生きる気力が湧かないよ」

和男は、一方的に和也の話を聞いていた。

気付くと、夜の十時だった。

《実験レポートやらないと。失恋って辛いみたいだけど、俺にはよく分からないな》

日々の生活で、和男は自分のペースをつかんでいった。

階段の上り下りで初めに感じた辛さは、毎日続けるうちに慣れた。

朝、昼、晩と、実家で過ごしていた時よりも、きちんと食事をとり、もともと筋肉質だった和男の足は、さらに太くなっていた。

また、自主トレを続けることで、上半身も強くなった。

そして、授業中も眠くならなくなった。

ダーウィンの進化論、生物は環境に適応して体を変化させたという。

和男の体は環境に適応して心肺機能や足腰が強くなり、それに伴い精神も強くなった。

階段の駆け上がりが習慣化し、心身が適応した。

そして強くなった。


和也は腰を痛め、配達が辛くなり、新聞の不着（配達忘れ）を告げる電話が増加した。

店長からの注意も多くなり、みんなと食事をとらなくなった。

和也は追い詰められ、酒を飲む機会が増えた。

ある日の夕方、配達を終えた和男と店長夫妻が、残紙を束ねる作業をしていると、夫妻は和也に対する不満を言い始めた。

「あの不着の多さは、いい加減にしてほしいな」

「本当よ、宅配便で送り返してやりたいわ」

「宅配便で送り返すなら、三つくらいに切断しないとな」

「腰を痛めて配達が辛いみたいですよ。何とかなりませんか？」

和男は和也を弁護した。

「和也は腰が痛いと言うから、階段の上り下りが少ない平場を中心にしてやったじゃないか。その分、和男のほうは団地の配達が増えただろ、和也はみんなに迷惑をかけているんだよ。和也がバイクに乗っている姿勢、食事の時の姿勢、いつでも姿勢が悪いだろ、だから腰を痛めるんだ。俺は和也の親ではないから躾までは面倒見られない。分かるだろ」

店長が語気強く言い返した。

《確かに俺の配達は増えた。本来の自分の区域を終えてから、バイクで二十分もかけて移動した先の団地の配達だから、遅くてお客さんから苦情が出そうだ》

「学校でいろいろと辛いことがあったみたいですよ」

再び和男は和也を弁護した。

《さすがに、失恋して辛いとは言えない》

「和也とはこれまでにいろいろ話して、よくしてやっている。例えば、雨が降ると合羽の内側に水滴がついて濡れる、いい合羽はないのかと言うから高い合羽を買ってやったし、風邪をひいたから休ませてくれと言えば休ませてやったよ。その分、和男も負担が増えただろ。大体、食事を用意しても食べないことが多い。病気になっても当たり前だろ。もう面倒を見切れないんだ」

店長は、更に語気強く言い返した。

和男は、この新聞店で新聞奨学生として、環境に適応したのだ。

和也は、この新聞店で新聞奨学生として、環境に適応できなかったのだ。
習慣は「第二の天性」という。和男は第二の天性を身に付けた。

第七章　朱に交わっても俺は黒だ

和男は担任の選出でクラス委員となり、夕方、委員会に参加することになった。

《一回だけ委員会に出て事情を話そう。委員は誰かに代わってもらおう》

委員会は夕刊の時間と重なるため、この日、和男は代配をお願いした。

「明日、学校で委員会があって帰りが遅れます。夕刊の代配をお願いできませんか?」

はじめての代配願いだ。

「分かった」

「いいわ」

店長夫妻はよい返事をくれた。

「ありがとうございます」

奥さんが配達をしてくれることになった。

「ありがとうございます」

和男は申し訳なく感じ、気疲れした。

翌日、通学の電車で、クラスメイトの落合雄介と会った。

落合は美人の女子と一緒だ。

「落合、おはよう」

「おはよう」

「こちらは落合の彼女？」

「違う、違う、うちの付属（大学の付属高校）で同じクラスだった浅田さん。文学部に通っている」

「はじめまして、落合のクラスメイトの佐藤です」

「浅田です」

三人は学食の話やバイトの話、授業の話などをし、やがて駅に到着した。

浅田は、文学部の校舎の前で二人に手を振り、校舎に入って行った。

「凄く美人だね」

和男が落合に話しかけた。

「浅田さんにはかかわらないほうがいいよ。彼女は気が強いので有名だ」

「どう気が強いんだい？」

「前に付き合っていた彼氏が、大勢の前で強烈なビンタをされた」

「へー、何でビンタしたの？」

「分からないけど、彼女は喧嘩が強い男が好きだって言っている」

「ふーん」

《俺は喧嘩は弱くない。あの子と俺は相性がいいかも。しかし、俺には女の子と付き合う

時間はないな》

授業が終了し、委員会の時間になった。

《そろそろ配達が始まる時間だなぁ。おばさんに悪いな、まあ、夕刊は下のポストで楽だからいいか》

和男にとっては夕刊の配達のために戻るべき時間、配達のことが気になり落ち着かない。和男の区域は、夕刊は朝刊と異なり、階段を上り下りする必要がなく、下の集合ポストへの投函で済むため、朝刊と比べて格段に楽な配達だ。

新聞配達をして学費を払っている和男には、大学の授業をサボることは考えられないが、学校に対する不満はある、学費が高いことだった。

通常の大学なら新聞社の奨学金で学費を全部払えるが、和男の大学はそれでは足りないため、自己負担が必要となった。

新聞社からの奨学金振込みとは別に、新聞配達で得られる五万数千円の給料を貯金して充当する必要があった。

午後四時半、工学部・副学部長の挨拶で委員会が始まった。

「今日は、工学部の各学年・各学科から成績優秀な学生に集まっていただきました。一年生は、入学前に高校での評価が優秀な学生を選出して、出席していただきました」

《俺が優秀ねぇ、成績はそれほどよくなかったと思うよ。けど柔道部の部長だったからな、これは柔道部顧問の大野先生のおかげだろうな》

和男は高校生の時、柔道部に所属してキャプテンを務めた。柔道部顧問の大野先生は、校内で力のある先生で、卒業式の総代に和男を選出していた。

「今日の委員会は顔合わせと、懇親を目的に開催しました、議題は特に決まっていません。学内の問題点などがありましたら、挙げていただいて議論をしたいと思います」

議題は、出欠の確認方法の改善（代返の防止）から始まった。

「講義をサボる学生がいます」

「出席数を重視する科目は、代返をする学生が多数います。中にはチームを組んで講義をさぼっている学生もいます」

「そもそも、そんな学生がいること自体が問題ですね」

「出欠の確認方法を見直すべきだと思います」

《なんかフワフワした話だなぁ。こんなのに出席するために、俺はおばさんに代配頼んだんだなぁ、さっさと帰ろう》

学費を自分で払っている和男は、他の学生と違っていた。

講義をサボることは、もったいなくて和男にはできなかった。何もしないで新聞店にいれば、店長夫妻の目があった。また、和男は講義イコールお金であると考えていた。

「車両通学（校則で禁止されている）をしている学生がいます」

《へー、車通学は禁止だったのか。鈴木君や足立君は車で来ていたなぁ。鈴木君は、近くに駐車場を借りていたっけ。車はベンツとＢＭを持っているし金持ちだよな。足立君は路上駐車だ、あれは迷惑だな》

「路上駐車はよくないと思いますが、近くに駐車場を借りていれば誰にも迷惑はかかりません、それでもダメなんですか？」

　和男は発言した。

「校則で禁止されているので、ダメです」

「なんで？　誰にも迷惑がかからないし、いいんじゃないですか？」

　和男は納得がいかず反論した。

「近隣から苦情が出ていますので禁止しています」

　和男にとっては夕刊を配達している時間、配達のことが気になり精神的に穏やかでいられなかった。そして、次第に不愉快な気分になっていった。

「それは路上駐車のことではないですか？　駐車場を借りていても近隣から苦情が出るんですか？　路上駐車なら警察に通報すれば済む話なんじゃないですか？」

　和男は語気を強めて言い返した。

「警察沙汰は、避けるべきでしょう」

　他の学生が口を挟んだ。

「駐車禁止の場所での路上駐車、特に駅のそばは人に迷惑がかかるし、軽犯罪ですよね。

警察に取り締まってもらえばいいじゃないですか。それとも、世間体を気にしているのですか？　くだらないなぁ」

「まあ、そう熱くならないで。いい考えじゃないですか、検討しましょう」

工学部部長の青木先生が優しい声で発言した。

「駐車場を借りていたら誰の迷惑にもなりませよね」

「他の学生からも苦情が出ていますので、ダメです」

「どういう苦情？　金持ちがいれば貧乏人もいるし、世の中不公平が当たり前じゃん。それは苦情ではなくて、ひがみではないんですか」

やがて、話が変わった。

「学食の焼肉定食は人気があり、授業をサボる学生達が先に食べてしまい品切れになるので、数量を増やしてほしい」

その後、学食のメニューの件、行列が長いなどの意見が出た。

《あほくさ、食えるだけでありがたく思えよ》

他の学生と和男は、学生生活を送る上で土台が違っている、和男は自分で学費を工面し、大多数の学生は親が学費を出し、平気で授業をサボる。

「最後に何でも自由な意見を述べてください」

司会の言葉の後、イライラしていた和男は唐突な発言をした。

「この大学は学費が高いです、安くなりませんか？」

和男にとっては切実な問題だった。

T大学の学費は高く、新聞奨学生のパンフレットには学費全額支給と書かれていたものの限度があり、年に約五十万円を自分で工面する必要があった。

新聞奨学生の奨学金では足りず、奨学金以外にもらえる給料（生活費）を貯金してやっと払える額なのだ。そのため、和男は昼食代を節約し、奥さんが弁当を作ってくれた。

「君は真面目で優秀そうだから、奨学金を受ければいい。大学の奨学金と日本育英会の奨学金がある。二つとも受けてみてはどうですか？」

工学部長の青木先生が和男にアドバイスをした。

「奨学金の件、受けたいと思います。アドバイスありがとうございます」

和男は、青木先生に礼を述べた。

和男は、青木先生が入学式で言った言葉を思い出した。

「今からでもやる気のない学生は入学をとりやめて欲しい。入学金や授業料はすべて返金します。さあ、やる気のない者は今すぐに出ていってくれ」

青木先生は一部の学生に嫌われていたが、その毅然とした態度に、和男は好感をもった。

《この先生が工学部のトップでよかった》

《他の学生と俺は違う。俺は同じ色には染まらない。朱に交わっても俺は黒だ》

第八章　自分との対話

朝刊配達の時間、それは和男にとって自分との対話の時間となった。
今の生活、そして将来の夢など、和男は配達をしながら自分と対話をした。
《今の生活は正直言って辛い》
和男はバイクで風を切って走っている。
《毎月五万数千円の給料のうち、約五万円を貯金して学費の不足分に充てている、朝夕の食事は新聞店で出してくれるけど、昼食は学食で食べたくても俺には金がない。おばさんが弁当を作ってくれるのはありがたいけど、みんなと学食で昼食を食べたいよな》
薄暗い早朝、バイクで配達場所に到着した。
《新聞奨学生のパンフレットには学費を全額支給って書いてあったよな。ふざけんじゃないよ、違うじゃん》
バイクを止めて階段を駆け上がる、休むことのできないトレーニングの開始だ。
《先週の日曜日は本当にムカついた》
新聞奨学生の手続き上のことで育英会館に来るようにとの連絡があり、和男は実家に帰りたいのを我慢して奨学生会館に行った。
しかし、連絡の不行き届きで、和男は何度もたらいまわしにされ、その都度説明し、最後には和男は「いったいどうなっているんですか?」と怒り出してしまった。
最終的には、大した用事ではなく、関係ない係の人が対応し済ましてくれたのだ。
《俺が怒って「ふざけやがって」と言った時、あの係の女性は目を丸くして驚いていたっけ。ちょっと悪いことしたなぁ》
この前に、似たようなことが他に二回あったことも、和男が怒った原因になっていた。
団地の五階のポストに新聞を入れ、階段を駆け下りる。
《まあ、奨学生は大勢いるし、中には変な奴もいる。そんなのを相手にしていろいろあるだろうから無理もないか》
和男はリズム感を持って走る。
《しかし、夕刊のない貴重な日曜日をつぶされたら腹が立つ。新聞店には世話になっている実感があるけど、新聞育英会には世話になっている実感がない》
空は次第に明るくなっていく。配達を続ける。
《新聞社は俺達を利用している、育英会だって俺達がいるから、資金がまわって運営されているのだろうし、俺達は新聞を配って集金して、集金した金を吐き出している。俺達は鵜飼の鵜みたいなものだな》
清々しい空気のなか、階段を駆け上がり配達を続ける。
《しかし、この制度がなかったら今の俺は経済的にも大学には行けなかったから、俺がこの制度を利用しているのは確かだ》

朝の空気はすがすがしい。
和男は走りながら次々と配達をこなしていく。
《この制度がなければ、確実に今の自分はないだろうな。この制度は決して悪くはない、頑張れば貧乏人でも大学に行けるチャンスが得られるのだから》
ほぼ配達も終わりに近づいた。
《何でもやってみて初めて分かる辛さがある。他の学生と生活が違う孤立感はなかなか辛い。飲みに行けないし、旅行も行けない、学食で昼御飯も食べられない》
最近になって追加された配達場所へと向かう。
《毎日休むことなく新聞配達をすること、さらに毎月の集金、毎日の学校――、タフでなければやり遂げられない》
新しく追加された配達場所に到着した。
《若い頃の苦労は買ってでもしろというのは正しい。然るに、俺がやっていることは正しい。そうだろう？　そうに違いない》
再び階段を駆け上がり配達を続ける。
《六年間柔道をやってきた俺には、他の奨学生より丈夫な体と体力がある。それは明らかだ。トレーニングが好きな俺にはハマり役だ。感謝するべきだ、この制度に》
配達を終え新聞店へ戻る。
朝日がすがすがしい。

和男は配達が早いため、配達場所を追加され続けていた。

《どんどん配達先が増えていく。やってやろうじゃないの》

和男は配達を終えて新聞点に戻ると、小学校のグラウンドへ行った。

これから日課の自主トレーニングだ。

少し遅れて徹もやって来た。

和男と徹は日課のトレーニングをしながら、将来やりたいことについて話した。

「なあ徹君、君は将来どんな大人になりたい？　どんな職業に就きたいと思っている？」

「プロレスラーになりたい」

「え、プロレスラーだって？　なんでまた」

「テーマソングがかかって、ガウンを着て入場する姿が、カッコいいからだよ」

「プロレスラーは毎日トレーニングをして、体を鍛えなきゃならないから大変だぞ」

「和男君と毎日こうやってトレーニングをしているから大丈夫だよ」

「プロレスラーのトレーニングは、こんな楽なもんじゃないよ」

「少しずつ、トレーニングを増やしていけばいいじゃん」

徹は和男とトレーニングをするようになり、できなかった懸垂や腕立て伏せが、次第にできるようになってきたことを楽しく感じていたのだ。

「確かになぁ、塵も積もれば山となるし、継続は力だ。今からやればプロレスラーになれるぞ、頑張れよ」

「ところで、和男君はどんな職業に就くの？」

「俺は、発電関係の技術者として働きたいと思っている」

「ふーん、どうして？」

「ＴＶで見た番組で感動したことがある。何もない貧しい国に日本人が小さな井戸をつくって、水を飲めるようにしてな、そこに住む人々がみんな笑顔になったんだ。その日本人みたいになりたいって言って子供達が勉強するようになったんだ。それまで子供達は泥水みたいな水を何キロも離れたとこに汲みに行っていて、勉強どころじゃなくて、死んじゃう子供もいたんだ。あの番組を見た時に、次の世代のためになるこんな仕事をしたいって思ったんだ」

「かっこいいね、和男君がうらやましいよ」

「そうかい」

和男は少し照れながら答えた。

「和男君は柔道もできるから、発展途上国で柔道も教えられるね。そういえば、そこの中学校の体育館で、夜に柔道教室をやっているよ」

「ふーん、今度行ってみようか。さ、そろそろ店に戻ろう、朝御飯の時間だ」

今日もこれから学校で勉強だ。

そして夕刊の配達。

それと、月末だから集金もある。

《貧乏暇なしだ、これでいい、貧乏暇なしを味わってやる》

第九章　信じられるのは行動

新聞店で和男は大切に扱われた。

風呂に入る順番は和男が早く（徹と一緒）、洗濯機は全自動のものと二層式のものとがあり、従業員は二層式を使うのであったが、和男は全自動の洗濯機を使わしてもらった。

そして、和男は店長から机や服などをもらった。


時が経ち、和男は自分の目で見たことを、正直に感じる余裕ができた。

《おばさんは配達をして、家事をして、あんなに働いているのに、おじさん（店長）は配達を一切しないで毎日のんびりしている、俺は納得できない》

夕御飯を終え、ひと段落した頃、遠藤が和男の部屋に来た。

徹は学校の用事でいなかった。

遠藤は、身長が一八〇センチ以上あり、太めの体格。年齢は三十代前半くらいだが、髭をはやし、いつも茶色のサングラスを掛けていた。

何度か和男の部屋に来て話をし、次第に打ち解けていった。

「英語の教科書を見せてくれる？」

「どうぞ、これ英語の教科書です」

「どれどれ……」

遠藤は教科書を音読し、訳しはじめた。

《頼んだわけでもないのに、偉そうな訳し方だな……》

「僕は英語だったら君に教えられるよ」

「遠藤さんは何で新聞配達をしているんですか？」

「住む場所が確保できるうえに、トータル的に見て金がいいからだよ」

「新聞配達って、金がいいんですか？」

「配達の前は塾で英語の講師をしていたけど、それよりもずっと金になる」

《新聞配達って誰にでもできる、そして金がいい、辛い仕事ってことだな》

「W大学を卒業したあとは、大手の建設機械製造会社に就職した」

遠藤は続けた。

「すごいですね」

「このことは、店長や他の人には言わないでほしい」

「なぜ言わない方がいいんですか？」

「店長のような人間は、従業員が下の人間であったほうがお互いにやりやすいんだよ。それに、大学を出たといっても、僕は結局こうして新聞配達をしているしね」

「分かりました」

「でも、僕はこのままでは終わらない。今は金を貯めて事業を始める準備をしている」

「お金を貯めて何をするんですか？」

「それは言えない」

《この人は自分を隠して生きているな。サングラスや髭も、自分を隠すための手段のように思える》

遠藤は店長家族や、和也の人物像について話し始めた。

夕食の時のおじさんやおばさんの言動から、従業員のことをよく思っていないなどの話をし始めた。

「それは考えすぎだと思いますよ」

和男は答えた。

そう答えることが、遠藤との会話では頻繁にあった。

「君は働きすぎている。朝・夕刊、集金、折込をやっている上に、配達区域を増やされ続けている。給料以上の仕事をするのはやめたほうがいい」

「これって、当たり前ではないのですか？」

「そんなことないよ。君はいいように使われている。ここの団地での配達は特殊で、階段の上り下りは体にきついはずだ」

「そうかもしれません、けど、俺は大丈夫です」

「明確な決まりはないけど、この地区では通常の配達部数よりも少なくするのが当たり前だ」

「俺も、これ以上仕事を増やされたら、お客さんに迷惑がかかると思います」

「君の配達区域が広がっている分、朝来ているアルバイトの一人がクビになっただろ。次は僕がクビになるかもしれない」

「それ、本当ですか？」

「君が配達区域を広げて、残りは階段の上り下りがない平場が中心になった。店長が自分で配達を始めるようだ」

遠藤は、階段の上り下りがない平場主体の配達のみで、集金や折込をしない契約で雇われていた。

「どうしてですか？」

「最近、僕の配達に店長がついてくるようになったからね」

「そうですか、全然知らなかった」

「君は気をつけたほうがいい。今は朝刊だけと言われて増やされた区域が、夕刊、集金と、あれも、これもとやらされるようになる。君には仕事が増えても給料を上げなくてもいい。それこそ、体をこわしたら使い捨てにされてしまうよ」

新聞店は利益を上げる必要がある。当然、部数を増やすとともに、人件費を抑える必要があるのだ。

やがて、遠藤はクビになった。

部屋はそのままの状態で、遠藤はいなくなった。

クビになった日の晩、遠藤は忘れ物を取りに来た。

遠藤の隣の部屋の和也が、物音に気付いて、皆のいる居間に降りてきて言った。

「来てる来てる」

店長が言った。

「放っておけ」

和也が言った。

「テレビを取りに戻ってきたんじゃないかな？」

《店員が辞めた後に店に勝手に入って、お互い無視というのはいかがなものだろうか？お互い気持ち悪くはないのだろうか。二人とも考えられないな》

和男は皆がいる居間から二階へ上がってみた。

遠藤は帰ったあとだった。

《今まで一緒にいたのに、何の挨拶もなくいなくなった。これってどうだろう》

遠藤がクビになった件は、何の説明も聞かされなかった。

遠藤が店を辞めてから、和男は遠藤のいた部屋に移ることになった。

朝刊と朝食を終えた日曜日、和男は奥さんに遠藤がいなくなった部屋に案内された。

「これからこの部屋を使ってね。悪いけど掃除は自分でしてね」

部屋は西側に小さな窓が一つある三畳の部屋、ひどく汚れ、悪臭がし、すぐに住める状態ではなかった。

絨毯はベトベト、タバコの焦げ跡がたくさんあり、壁全体がタバコのヤニで茶色く変色していた。ゴミを捨てたことがなかったようで、部屋にはゴミがあふれ、押入れには一升瓶に入った腐った醤油、指サックの入った腐ったコーヒー、ひどく汚れてベトベトした毛布、そして、いろいろなゴミがタバコのヤニと混ざり合い、異臭を放っていた。

「分かりました、この部屋は俺が片付けます」

「それじゃ、よろしくね」

《それにしても汚い、よくこんなところに住んでいたもんだ》

和男は次々とゴミをゴミ袋に詰めていく。

押入れの上の戸棚を開けてみると、物凄い悪臭がした。

「おはよう、なんか物凄い臭いがするね」

和也が隣の部屋から出てきた、どうやら出かけるようだ。

「おはよう、和也。あの押入れの上のを開けたら凄い臭いがするんだ。何だと思う？　まさか死体があるなんてことはないだろうな？」

半分冗談まじりで和男が言った。

「おっと、悪臭の原因はこれだ」

和男は、新聞紙に包まれたグニャグニャのものを取り出した。

「ハハハ、きっと刺身の腐ったやつだ。遠藤さんは刺身が好きでよく買ってきていたよ」

和也は笑いながら答えた。

「掃除を手伝うなんて気はないよね？」

笑っている和也に和男が問いかけた。

「悪い悪い、俺これからデートだ、それじゃ」

《かたやゴミ屋敷の掃除、かたやデートか、くそ》

「和男君、この部屋すごく臭いね、何か手伝おうか？」

徹が来た。

「ありがとう、体が臭くなるから部屋で勉強をしていな」

和男は部屋に残されたゴミを全部捨てた。そして、じゅうたんも丸めて捨てた。

《立つ鳥あとを濁さず。俺はそれが基本だと思う》

壁を入念に拭き、押入れも入念に拭き、消毒し、ペンキを塗り替えた。

《遠藤さんは新聞配達をして資金ができたら事業を始めるって言っていたけど、その前に自分の部屋を掃除しろってんだ》

壁の色は桃色がかった白、柱は青竹色に塗り替えた。

《事業を始めるって言っていたけど、俺は無理だと思う》

絨毯は明るい緑色のものに交換した。

《事業を始めるとか、口ではなんとでも言える。けど、俺はその人間の行動しか信じない。

少なくとも、配達以外の時間、遠藤さんは部屋の掃除すらしなかったはずだ。そんな人間に事業なんか起こせるとは思えない》

窓ガラスを入念に拭いた。

《嘘はいくらでもつける。嘘は書くこともできる。けど、行動は嘘をつけない》

電球も入念に拭いた。

《この部屋は彼の心の中を表しているかもな。そう考えるとこの部屋は、これから俺の心の中を表すのだから、綺麗にしよう》

部屋は見違えるほど綺麗になった。

《大切なのは行動だ》

和男は、綺麗になった部屋へ自分の荷物を運び始めた。

《信じられるのは言葉ではない、行動だ》

第十章　俺は俺の生き方でいい

隣が和也の部屋になった。

以前より和也と、多く話をするようになった。

この頃には、和也と店長夫妻との仲が険悪なものになっていた。

和也は毎日のように新聞の不着をして、食事にほとんど手をつけない。時にはまったく食べなかった。

「それにしても部屋が綺麗になったな。タバコ臭くなくなったし、隣が和男になって本当によかった」

夕食の後、和也が和男の部屋に来て言った。

「遠藤さんは一回もゴミを捨てたことがなかったんじゃないかな。部屋の中はゴミだらけだったよ」

和男は呆れて言った。

「掃除中、虫とか変な生き物とかは出てこなかったかい？」

「虫が出てきてもおかしくなかったけど、出てこなかったよ。タバコのヤニと煙に殺虫効果があるんじゃないかな。部屋の中全部がタバコのヤニでコーティングされていたからね。ところで、彼女とは上手くいってるのかい？」

「ああ、あの牛女とは別れた。他に付き合っている男がいたからな」

「ふーん、それにしては落ち込んでいないね」

「新しい彼女ができた」

「えっ、もう違う女の子と付き合っているのかい?」

《それにしても、和也はこの三ヶ月で、少なくとも二人の女の子と付き合っているんだよな。これって彼の才能か?》

「うちの学校は女子が多い。男子が少ない分、有利だ、今度付き合っているのは牛ではなくて、猫に似ている」

和也はニヤニヤしながら答えた。

「それにしても凄いね。この三ヶ月で二人と付き合うなんて」

和男は女の子と付き合った経験がなかったが、彼女が欲しいという思いはあった。


和男の初恋は中学一年生の時。相手とは必要な話を数回しただけだった。その後、その初恋の相手は、誰でもいいから男子と付き合いたいと公言し、和男が最も嫌っていた男子と付き合いだした。それを知った和男は、不愉快な思いからくるエネルギーを、柔道の練習に向けたのだ。

その後、中学二年生の時に隣の席の女の子が好きになった。その子はバレーボール部キャプテンの可愛い女子だった。

和男はその子とよく文房具の貸し借りをしていたが、中学三年の時に学区が変わり、離れ離れになった。その寂しさからくるエネルギーを、またもや柔道の練習に向けたのだった。

「俺も女の子と付き合ってみたい」

和男は和也に言った。

「そういえば、和男に大田さんを紹介するって言ってたっけ。いつにする？」

「大田さんて、真面目で胸の形がよくて張りがある子だっけ？」

「そうそう」

「紹介はしてくれなくていいや。けど、面白そうだから見に行く、和也の学校を」

「いつにする？」

「夏休みに入ったらにしよう」

「分かった」

翌朝、薄暗いなか、和男はバイクで配達場所に向かった。

《俺は彼女が欲しいけど、これまで積極的に彼女を作ろうとしたことはなかった》

バイクを降りて階段を駆け上がり、配達を始めた。

《大田さんを紹介してもらったところで、正直、配達と学校で手一杯だ》

階段を駆け上がり、駆け下り、配達を続ける。

《正直、和也はもう少し配達や集金をきちんとしたほうがいい。多分、今頃やっと起き出しているくらいだろうな》

太陽が顔を出し、明るくなってきた。

《和也の生き方は何か違う気がする。俺は俺の生き方をしよう》

すがすがしい空気のなか、階段を駆け上がり配達を続ける。

《今日こんなことがあったよ、なんて話せる彼女がいたら楽しいだろうな》

「おはようございます」

毎朝ジョギングをしているおばさんにあいさつした。

《配達、学校、自主トレ、これらをきちんとこなす。俺には彼女は早いな》

配達も終盤に近づいた。

《和也は彼女とのことにエネルギーを使いすぎて、だらしない面が目につく》

配達を終えて店に戻った。

「お疲れさん」

店長が声をかけてきた。

「和也のやつは今日も寝坊だ。いい加減にしてもらいたいね」

「俺のせいかもしれません。昨日は少し遅くまで二人で話をしていたので」

和男が和也をかばった。

「遅くまで何を話していたんだ」

「学校の友達についてです」

「話をするのはいいけど、朝はきちんと起きるように和也に言ってくれ。やつはだらしなさすぎる。どうせ今日も不着をやらかすに違いない」

《和也に彼女がいることはうらやましいけど、俺はこんなことを言われたくない》

和男は自主トレのため、小学校の校庭に向かった。

《生き方はそれぞれだ。どっちかが間違っているとか正しいとかなんてことはない》

小学校の校庭に着いた。

《さあ、始めよう。俺は俺の生き方でいい》

第十一章　クラス会

「そろそろクラス会をやろうぜ。打ち合わせしよう」

高校を卒業して三ヶ月、クラスメイトの原田から和男に電話があった。

「観光地に一泊するクラス会をやろうぜ」

「ごめん、ちょっと無理だ」

電話があったのは月末、配達・学校に加えて、和男は集金をやらなくてはならなかった。

「お前幹事だろ。段取りはこっちでやるからさ、出席だけはしろよな」

「俺、新聞配達をやっているから、今度の休刊日なら出席するよ」

「じゃあ、その日で決まりな。参加しろよな」

ということで、和男はクラス会に参加することにした。


和男は、土曜日の夕刊を代配してもらうようお願いし、クラス会に向かった。

高校を卒業して三ヶ月後の初めてのクラス会、出席したのは約半数だった。

夕食が終わり、飲み会が始まった。

高校を卒業したばかり、周囲に気遣うことなくお酒を飲める環境でのこと、参加者は酔っ払い、思い出話や、新しい環境での話で盛り上がった。

和男は柔道部で鍛えた体、そして遺伝的にも酒には強かった。酔いが回ることなく、酔っぱらって騒いでいる皆を見ながら、高校時代はさほど仲がよくなかった柿内と話しながらビールを飲んだ。

「俺、佐藤のこと尊敬していたんだ。さあ、飲んで飲んで」

「なんで俺のこと尊敬してたんだ?」

「柔道部の部長で、勉強もできたし、総代もやったし、女子にも人気あったじゃん」

「俺はそんなに勉強ができたわけじゃない。総代はおまけさ。柔道部顧問の大野先生の力だよ。それとな、女子に人気なんてなかったぞ。俺なんかより、柿内のほうが女子に人気あったと思うけどね」

柿内は気軽に女子と話し、クラスの女子に人気があった。

「お前、怖がられてたじゃん。気に食わない奴は柔道の授業中に痛めつけるしさ」

柿内が笑いながら言った。

「何言ってるんだ、そんなことしてないぞ」

「けど、おまえ、鞄にヌンチャクが入っていただろ。何よ、あれ」

「あのヌンチャクは、学校の帰り道に、空き地で練習をしていたからだよ」

《こいつ何でヌンチャクのことを知ってるんだ? 知らないうちに俺の鞄を開けたな》

「朝の通学の時は自転車でバスを追い抜いていくし、その自転車には盗んだら殺すって書いてあったしな」

「あの自転車は大事なものなんだ。部品を盗んだ奴を今でも許せない」

和男の自転車は、和男がお年玉や小遣いを貯めて買ったもの。そして、通学のバス代を節約するための足だったのだ。

「いずれにしても佐藤は怖かったよ。おまえが切れたらまずいってみんな思っていた」

柿内は和男のグラスにビールを注ぎながら言った。

「女子も怖くておまえに声をかけられなかったんだ。佐藤のことを好きだった女子は何人かいたよ」

「それ誰よ、教えろよ」

和男は意外に感じるとともに、聞き返した。

「ささ、もっと飲んで飲んで。酔わないと　教えてやんねえよ」

《こいつめ、酔わせるのが目的で適当なこと言ってるな》

「よし、じゃあこれ一気に飲むから教えろ」

和男はジョッキに入ったビールを摑んだ。

「だめだめ、それだけじゃ。二杯飲んだら一人だけ教えてやる」

「分かった」

「おーいみんな注目。これから和男が一気飲みやるぞ」

まわりから歓声が上がり、一気飲みコールが沸き上がった。

「いっき、いっき、いっき……」

和男はジョッキ二杯の生ビールを一気飲みした。

「さあ、教えろ」

「安西がお前のことを好きだって」

「そうか……」

安西は、柔道部のマネージャーだった一年下の後輩だった。

器量はよくなかったが、柔道の練習には休まずに出席し、マネージャーの仕事をよくやってくれていた。家庭環境が悪いらしく、父親に問題があると聞いていた。

和男が三年の夏、柔道部を引退した後、安西は退学して夜間に通っていると聞いた。

《安西は可愛いメッセージ付きの年賀状をくれていたし、バレンタインデーにはチョコをもらった。けどあれは部員全員に渡していたから、お返しなんか考えもしなかった。たまに電話もくれた。可愛いい子だった》

和男は思い出した。


顔を上げて周囲を見渡すと、田辺エリが酔っ払い、他の男子と仲睦まじげにしていた。

エリは近視で、いつもノートや教科書に顔をつけるようにして勉強していた。

和男とは席が隣で、一番後ろの席だった。

エリは黒板の文字が見えなかったので、和男はノートを見せていた。

エリにノートを貸すと、可愛い文字で「ありがとう」とハートマーク入りで感謝の気持ちが短く綴られていた。

少し酔っ払っていた和男は、エリと話す機会を作った。

エリが酔っ払い、同じく酔っ払った田島と仲睦まじげにしていたところを、和男は両脇から持ち上げて自分の席の隣に連れていった。

「いやっ」

エリは足をバタバタさせた。

「やるねー」

誰かが声を上げた。

和男とエリは席に二人並んで座り、話し始めた。

「女の子にはお姫様抱っこをして、優しく運ぶものなのよ」

「ごめん」

「私、喧嘩する人嫌い」

酔っ払ったエリは、脈絡なく言った。

「え、いつのこと?」

和男は聞き返した。

「私、寂しがり屋だから、いつもそばにいてくれなきゃダメなの」

エリは再び脈絡なく言った。

「はあ?」

「新聞配達はやめなよ。学生は遊んで楽しく過ごすものよ」

「嫌なこと言うね。そうしたくても家が貧しいの」

《こいつには興ざめだ》

新聞奨学生として大学に通うこと、大変だけど、和男は正しいと思っている。

《頑張れと言ってほしかったな。残念だけど、もう田辺のことはどうでもいい。可愛い顔しているから、男子にもてるだろうしな》

和男は共感してほしかった。

毎日三時半に起きて階段を駆け上がり続けること、やっていることを励ましてくれる彼女が欲しかったのだ。

しばらく沈黙が続き、エリがタバコを吸おうとした。

「タバコはやめろよ」

和男はタバコを取り上げた。

「ふかすだけで吸い込まないの」

言った途端、エリは泣き出した。

和男は眠くなったので、部屋を移った。

するとエリは付いて来て、二人はしばらく話をした。

「私、付き合っていた人と別れたの」

「ふーん」

「付き合っていたのは二歳年上の大学生なんだけど、正直、本当に付き合っていたというには微妙な感じだったの」

「ふーん」

やがて、旅館の奥さんが来て言った。

「佐藤さんいる？」

「はい、俺ですけど」

「お酒を飲んでいた部屋で、様子がおかしくなった人がいてね、佐藤さんが一番しっかりしているから、連れてきてほしいって」

「それじゃ行ってくる」

和男はエリにそう言って、宴会場の大広間に行ってみた。

そこには、死人のような目をして、歯をむき出し、顔付きが変わってしまった男性が横になっていた。

よく見ると、松井だった。

松井は横になったまま吐き、苦しそうにしていた。和男は、松井が吐いたもので息を詰まらせないように処置をした。

頬を手で叩いた。

「おい、大丈夫か？」

和男は指を一本立てて松井に聞いた。

「これ何本だよ」

「三本」

「よく見ろ」

「二本半」

榎本が起きている以外、数名が眠っていて、起きている者はいなかった。

榎本は一見不良でとぼけた男だったが、松井のことを放置しておけなかったのだ。

「俺が怖いのは、急性アルコール中毒で逝っちゃうんじゃ……」

榎本は言った。

「大丈夫だよ」

和男と榎本は松井を介護し、異変を感じたらすぐに救急車を呼ぶつもりでいた。

やがて、島田が部屋に来て言った。

「おい、田辺と柿内がやってるぞ」

和男は内心は穏やかでなくなった。

《そうか》

和男は松井の介護と、吐いたものの片付けを続けた。

また、眠ってしまった者を部屋へ運び、そして布団を敷いて寝かせていった。

和男は柔道で鍛えていたが、この時は酔っ払っていたのと心の動揺とから、人の体が鉛のように重く感じ、何度か転びそうになった。

和男は松井を介護し、吐いたものの片付けをし、やがて朝が来た。

《俺はゲロの後始末をするためにここに来たのか？　最低な気分だよ》

松井は目を覚ました。

「なに、これ」

自分の着ているものが変わっていたこと、そして、そばに吐いたものがついた、汚れた服がバケツに入れられているのに気付いて驚いた。

「それはおまえのゲロがついた服だよ。生きていてよかったな」

その後、和男は口を利く気になれないまま旅館の掃除を続けた。

《俺はいったい何をしているんだ》

和男は最悪な気分でいた。


「佐藤は、幹事の役割を十分に果たしてくれた、ありがとう」

今回のクラス会の幹事の一人、原田が言った。

「そうか、ありがとう」

少しだけ無理をして参加したクラス会は終わった。

クラス会の後、和男は一人考えた。

《田辺は、俺が付き合う相手ではないとはっきりした》

電車を乗り継いで一人新聞店に向かった。

《マネージャーの安西には悪いことをした。もっと違った接し方ができたはずだ》

新聞店の最寄駅に着いた。

《彼女を作るのは、大学を卒業したあとでいい》

駅から新聞店に向かって歩く。

《それなりの男には、それなりの女がつく。それなりの女には、それなりの男がつく》

新聞店に着いた。

《いつか心が寄り添うことができる相手を見つけてやる》

布団を敷いて弾いて横になった。

《明日も三時起きだ。三年間やり遂げてやる。今やるべきことは、眠ることだ》

クラス会での出来事は、和男の心を少しだけ強くした。

第十二章　練習は嘘をつかない

大学は夏休みに入った。

多くの同級生は地方から来ており、実家に帰省する者が多い。

それ以外、旅行を楽しむ者、アルバイトに励む者、学生達の心は弾んでいた。

新聞奨学生の和男は、学校は休みでも、朝夕刊の配達に休みはなかった。

加えて、昼食以降の時間は、広告の折込作業をすることになった。

折込作業とは、十数枚の広告チラシを、朝刊が来た際にすぐに新聞の間に入れられるように、二つ折り以上の大きめのチラシの間に、他のチラシを入れて一まとめにすることで、親指と人差し指に指サックをし、一枚ずつチラシを素早く挟み込んでいく。

折込作業は、店長夫妻、徹、和男でやっていたが、和男が夏休みになってからは、和男と徹の二人でやるようになった。
《夏休みに入ったら折込が増えた。配達や集金も増やされているし、少し不愉快な気もするけど、どうせなら楽しくやろう》
「よし、徹君、今から折込の競争をしよう」
「うん、いいよ。負けないからね」

夏の午後、汗をぬぐいながら、二人は折込作業を続けた。

「これが早くなったところで、なにかいいことあるのかなぁ」

　思わず和男が言った。

「早く終わると、夕刊までの間遊べるよ」

　徹が作業をしながら言った。

「徹君はいいやつだな」

《和也はデートでいない。おじさんやおばさんは俺が夏休みに入ってからは折込をやらなくなった。仕事は増える一方だけどまぁいい。やってやろうじゃないの》

「そういえば、和男君、柔道の練習はまだ見にいかないの？」

「そうだね、今度いつある？」

「明日の夜やっているよ」

「じゃ、明日行こう」

「行こう、行こう」

《俺の夏休みは、新聞の折込と配達だけで終わりにはしないぞ》

　和男は思わず折込の手を止めていた。

「終わった、僕の勝ちだね」

　徹が折込作業を完了した。

「しまった。折込の競争をしていたのを忘れていたよ」

夕刊の時間が近づくと和也が帰ってきた。

「ただいま」

和也は折込作業をしていた和男と徹を見て言った。

「折込をしていたんだ」

「そう、今終わったとこだよ」

徹が答えた。


夜になって、和也が酒とつまみを持って和男の部屋に来た。

和也は気さくに自分の弱点をさらけ出し、頭の回転が速く、話が上手い。

女性に対しても気軽に声をかけることができる。

「折込、俺の分もやってくれてありがとうな」

和也は、和男や徹から反感を買う前に、先手を取って詫びを入れた。

「まあ、折込は徹君と二人で競争をしながら楽しくやっているよ」

「俺、今日もデートしてきた」

和也は、和男や徹に憎まれることはなかった。

「そうか、うらやましいよ」

「ところで、夏休みに入ったら大田さんを見に行くって言ってたけど、いつにする」

「太田さんて、真面目で胸の形がいい子だよね」

「そうそう。俺の学校も来週から夏休みだから早いほうがいいな」

「じゃあ、明日の午前中にしよう」

翌日、いつも通り和男は朝三時に起きて、新聞配達を始めた。
《今日は、和也の通う絵本の専門学校に行く》
階段を駆け上がり配達を続ける。
《太田さんを見にいくわけだけど、折込があるから昼には戻らないとな》
夏は、空が明るくなるのが早い。
《胸の形がよくて張りのある子かぁ。俺に合いそうって和也が言っていたけど、和也はもう大田さんに何か話をしたんだろうか？》
配達を終え、店への帰り道をバイクで走る。配達を終えた早朝の空気は気分がいい。
《今日は、午前中は和也の学校へ大田さんを見に行って、午後は折込、夜は柔道》
配達を終えると、朝食までの間、徹と小学校の校庭で日課の自主トレーニングをした。
「はい、それじゃ懸垂ね」
徹は、和男の手助けなしで懸垂が五回できるようになっていた。
《汗をかいてやってきたことは嘘をつかない。徹君はまだ小学生だ。本当にプロレスラー

になれるかもしれない》

「今日、柔道に行くよね」

徹が和男に聞いた。

「もちろん、柔道着を着るのは久しぶりだな」

和男は事前に実家から柔道着を持ってきていた。

「柔道の技を教えて」

徹が和男に言った。

「柔道一直線っていうドラマを知っているかい？」

「知らないけど」

「そりゃあそうだな、俺が小学生の頃だからな」

「柔道の技を掛けてみて」

「よし、それじゃあ柔道一直線に出てきた二段投げの真似な。最後まで掛けたら怪我をするから途中までな」

「うん」

「おりゃあ」

和男は徹を肩の上に担ぎ上げてぐるぐる回転させ、両手で持ち上げてから下に落として受け止めた。

「うわーっ」

思わず徹が声を上げた。

「もう一回、もう一回」

「疲れたからだめ。もう朝御飯だ、帰ろう」

朝食を終えた後、和也と和男は二人で絵本の専門学校へ向かった。

「大田さんって胸の形のことしか聞いてないけど、どんな子？」

電車で並んで座っている和也に和男が聞いた。

「真面目で、本当に絵本作家になろうとしている」

「和也も絵本作家になるんだよね」

「俺？　俺は家から離れたかったのが第一。それと、たくさんの女の子の中から彼女を見つたかったたからだよ、遊びたいしね。絵本作家になろうとは思わない」

《何か違うと思うけど、憎めない男だ。こういう性格だから彼女がすぐにできるんだろうな》

和也が通う絵本の専門学校は、都心の雑居ビルの中にあった。

和也と和男は雑居ビルの入口で、大田が通りかかるのを待った。

「おはよう」

丸顔の女子と細身の女子、二人の女子が和也に声をかけた。

「おはよう、今日は早いね。ちゃんと授業に出るの？」

丸顔の女子が和也に話しかけた。

「今日はここにいる友達に、彼女を紹介したくて早めに来た」

「えっ、だれだれ、誰を紹介するの？」

「それは秘密」

やがて、画材の入った大きなバッグを肩に掛け、ジーンズ姿のスタイルのいい女性がやってきた。

「あれあれ、あのジーンズはいて画材バッグを持った子、あの子が大田さん」

和也は声をひそめ、和男の耳もとで伝えた。

大田は和也と和男に気付いていたようだが、そのまま足早に雑居ビルに入っていった。

「どう、気に入った？」

和也が声を掛けた。

「スタイルがよくてカッコイイ女性だね。それじゃ、大田さんを見たことだし、そろそろ店に戻るね」

「じゃあな、また今晩、つまみと酒もって行くから」

「いや、今晩は柔道をしに行くからだめだよ」

「分かった。それじゃ明日の晩な。気に入ったかどうか教えてくれ」

その日の晩、和男は夕御飯を終えるとすぐに柔道をやっている中学校へと向かった。

「これから徹君と二人で、中学校の体育館に行ってきます、九時半までには戻ります」

店長夫妻、和也、裕子が夕食後に会話をしている最中、二人は席を立ち、夏の夜の、いくぶん涼しくなった空気のなかを十分ほど歩いて中学校に着いた。練習の声が聞こえてくる。和男と徹は、少し緊張しながら体育館に入った。

「こんばんは、一緒に練習させてもらっていいでしょうか？」

和男が指導をしている先生に尋ねた。

「柔道の経験はありますか？」

「はい、二段を持っています」

「そうですか。どうぞ子供達に柔道を教えてやってください」

《武道の世界は便利だ。段位を知ってもらうだけで話が済む》

和男は久しぶりに柔道着を着た。

胸には高校名の刺繡があり、黒帯は使い古して色が灰色になっている。

ここは、経験がある大人達がボランティアとして、小学生から高校生までに柔道を教えている少年柔道会だ。

「中高校生、それに大人と柔道の練習をしたいから、ここに来ました」

「ここで柔道を教えている大人はみんなボランティアです、お金はお支払いできませんが、先生の一人になってもらえませんか」

「先生らしいことはできませんが、こちらこそよろしくお願いします」

親の目が届かないせいもあり、徹は友達とはしゃいでいた。

「あの人、僕のお兄ちゃんだよ」

徹は友達に自慢した。


帰り道、すがすがしい気分で和男は徹と歩いた。

「和男君、柔道が凄く強いんだね」

「俺より強いのはいくらでもいる。だけど、久しぶりに柔道ができてよかった。体中の細かい筋肉が活性化して、筋肉が喜んでいるような感覚だ」

「和男君、最強だったね」

「俺なんかより強い人間はいくらでもいるよ。けど、今日あそこで柔道をやっていた中では、俺が一番柔道で汗を流してきんだと思う」

「ふーん」

「練習を続けて、過去の自分より今の自分、今の自分より未来の自分が、少しずつ強くなっていくことが大事なんだ」

「ふーん。けど、歳をとったら、未来の自分って弱くなるんじゃない?」

「肉体的にはね。だけど、人間の強さってそれだけじゃないと思うよ」

「ふーん」

「練習量に見合った分、俺は柔道が強い。そりゃあそうだ、柔道ばかりやってたんだから」

その後、この少年柔道会で和男は先生と呼ばれ、合宿や飲み会に無料で参加できるようになり、少しだけ知られるようになった。

隣の新聞配達のパートのおばさんから挨拶をされ、配達中に声をかけられたりするようにもなった。

第十三章　何かを得れば何かを得る機会を失う

和也がウイスキーとつまみを持って、和男の部屋に来た。

「大田さんはどうだった」

和也が聞いた。

「美人でスタイルのいい子だね」

「大田さんと付き合いたいか？」

「今はなんとも言えない。もし、付き合いたいって言ったら？」

和男はつまみをもらい、コークハイを飲んだ。

「俺が大田さんに伝えるよ、和男が付き合いたがっていることを」

和也は和男にコークハイを作って渡した。

「お、ありがと。でも、大田さんのことはとりあえずいいや」

和男は返事をした。

《もしあんな綺麗な子と付き合えたら嬉しい。けど、俺にはそんな時間はない》

「そうか、俺にとっては彼女がいない人生なんて、無意味だけどね」

和也がコークハイをかき混ぜながら言った。

「俺は和男に迷惑かけているからね。和男にも彼女ができたら俺は嬉しいんだ」

《俺の通う大学は出欠の確認が厳しいし、俺はいつも一番前の席で講義を聞いているから休むと目立つ。みんな俺が新聞奨学生をやっていることを知っているから、俺が大学を休みだしたら「新聞奨学生は厳しい。そして和男は潰れた」と思うだろう》

一般的に理系の大学はレポートの提出が毎週あり、忙しい。

「今は夏休みだから余裕あるけど、夏休みでも時間が作れるのは午前中くらいだし、付き合ったとしても、ほとんど会えないと思う」

和男は和也の分も折込をしている、時に和也の不着分の新聞の配達もしていた。

和也がデートをしている間に、和男は和也の分も働いているのだ。

和也はそれを知っている。だからこそ、和男にも素敵な彼女ができて幸せになって欲しいと思っているのだ。

「大田さんに今付き合っている彼氏がいるかどうか、そして、彼氏を欲しがっているかどうかを探っておくよ」

「そうか、ありがと」

「もっと積極的にならないと、一生彼女はできないぞ」

《今の俺は、彼女を作ることをメインテーマにはしない》

その日はお開きになった。

夏休みは学校がない分、和男は余裕を感じていた。

足腰がより強くなったこともある。

「今戻りました」

配達を終えて新聞店に戻ると、店長夫妻が話し合っていた。

「何かあったのですか？」

和男が店長夫妻に話しかけた。

「和也の奴、腰が痛くて動けないとか言って、部屋に閉じこもっているんだよ。今日は俺達が和也の配達をカバーしたけど、新聞育英会に話して、両親に来てもらうことにする」

店長が眉間に皺を寄せ、不機嫌そうに言った。

「すいません、しばらく様子を見てもらえませんか？　和也も体調が戻れば復帰できると思います。その間、俺が和也の分もできるだけ配達しますので」

和男は店長に願い出た。

《和也は友達だ。俺はできることをやる。朝の自主トレの分、余裕がある》

「悪いけど、ご両親に来てもらう」

その日の夕刊の時間、和也が部屋から出てきた。

「朝はすいませんでした。腰が痛くて起き上がれませんでした。もう大丈夫です」

和也は素直に謝った。

「本当に大丈夫なのか？」

店長が聞いた。

「はい、ご迷惑をかけました」

しかし翌日、和也はまた部屋に閉じこもって朝刊を休んだ。

その日の午前中、和也の母親が新聞店に来た。

「ごめんください、和也の母です」

「和也くんは腰が痛いと言って部屋に閉じこもっています。残念ですが、もうこの店は辞めてもらおうと考えています」

店長が和也の母に言った。

「和也、私よ。ドアを開けて」

和也の母親は、ドアの外から優しく声をかけた。

「来るんじゃねえ、帰れ」

和也が部屋の中から怒鳴った。

和男は和也と母のことが気になったが、部屋の中で音楽を聴きながらストレッチをした。

《和也のお母さんの声は、やさしそうだ》

しばらくやり取りが続いた後、和也の母親は諦めて帰っていった。

和也の母親が帰った後、和也は和男のところに来て言った。

「ごめん、騒がしくして」

和也は和男に謝った。

「これから一緒に昼御飯食べに行かないか。おごるよ。どうせここの昼御飯はコロッケと千切りキャベツだけだろ。いい店があるから行こう」

和也が和男に言った。

「すいません、これから外に昼御飯を食べに行きます。昼御飯はいりません。二時には戻って折込をやります」

和男は店長夫妻に伝え、二人は外に出た。


二人は配達用のバイクに乗り、和也の後ろから和男が追いかけ駅の方へ向かった。

和也は駅の裏側にある飲み屋街へと和男を連れていった。

十分ほどで店に到着、店の名前は「ナイトラウンジ響《ひびき》」。

「ここで昼御飯を食べるのかい？　だいたい今やっているの？」

「大丈夫、大丈夫、さ、入ろ」

和也は薄暗い店内に入った。

「こんちは、マスター」

「お、和也か。こんな時間に来るとは珍しいな」

眼鏡を掛け、髭を生やした店主が出てきた。

「今日は、昼御飯を食べに来た。これ、俺の仲間の和男、こっちは店のマスターの大井さん」

店の中にはピアノやドラム、アンプやギターなどの楽器と、ステージ、お酒を飲むスペース、そして踊れるスペースがあった。

営業時間は夜で、生演奏を聞きながらお酒を飲んで踊れる店だった。

「今まで和男には内緒にしていたけど、俺ここでたまに夜バイトをしてる」

「えっ」

「週末の夜、こっそり店を出てきて、ここでピアノを弾いて歌を歌ってる」

マスターが、水とビーフシチュー、そしてライスを持ってきた。

「いただきます」

和也はマスターに向かって言った。

「マスター、ピアノ貸して」

「ああ、いいよ」

「和男、俺のピアノと歌を聞いてくれ」

和也は「マイ・ウエイ」「レット・イット・ビー」「イエスタディ」をピアノで弾き、歌った。

《やっぱり、和也は俺にないものを持っている》

二人は店に戻り、折込を始めた。

「今日は驚いたよ」

和男が言った。

「内緒にしてくれよ」

和也が答えた。


その日の夜、和也が和男の部屋にウイスキーとつまみを持ってやってきた。

「今日は悪かったね。朝配達してもらったし、うちのババアが来て騒がしかったし、変なとこに連れていったし」

和也は和男に謝った。

《いつも素直に謝ること、自分をさらけ出すこと、この二つは和也のいい面だと思う。俺も見習おう》

「おかあさん、新潟からわざわざ来てくれたんだろ？　会ってあげればいいのに」

和男は少し強い口調で話した。

「和男には悪いことをした。でもごめん、俺はあのババアの顔は見たくないし、声も聞きたくない、とにかくうざいんだ」

和也はウイスキーを一気に飲んで続けた。

「けどなあ、あのババアと俺は似てると思う。あのババアは水商売をしているけど、俺も水商売が合っているみたいだ」

「ピアノが弾けるのはカッコいいよ、今日は驚いたよ」

「ありがと。俺は小さい時からピアノを無理やり習わされたけど、本当に好きな曲しか練習しなかった」

「ところで、あの店はいつから？」

「二ヶ月くらい前かな。実は俺、いろんなところでああいう店を探しておくんだ。そして、彼女にしたい子を連れていって演奏を聞かせる」

「へー、凄いじゃん」

「最初は黙って店の演奏を聞いて、そのうちに、俺のほうがましだとか聞こえよがしに言って、俺に演奏させてもらうんだ。そしたら、だいたいが彼女になってくれる。店によっては、こうしてバイトをやらせてくれる」

「和也はやっぱり女の子にもてると思うよ。俺には真似できないな」

「いや、和男は女の子にもてるよ。うちの学校で大田さんじゃないけど、この間、和男のことを見て気に入った子がいる」

「え、それってどんな子？」

「正直、普通の子かな？」

「ふーん、俺は普通の子がいいよ。けど、今はいい」

「そうか、彼女が欲しくなったらいつでも相談に乗るよ」

翌日の朝、和男はいつも通りバイクに乗って配達先へ向かった。
夏の朝は、風が気持ちいい。
《和也のやつ、あんなところでバイトをしていたとはね》
配達する場所に到着、いつも通り階段を駆け上がり新聞を配達する。
《和也がピアノを弾けるのはカッコいいな。彼女を作るために家を離れて新聞奨学生を始めたのは、彼の狙い通りなわけだ》
次第に明るくなっていくなか、和男は汗をぬぐい、配達を続ける。
《俺は三年間新聞奨学生を全うして、大学の残り一年は普通の学生になる。その時に彼女を作る。それでいい》
配達も終盤に近づいてきた。
《今の俺には彼女は早い。目の前のことをやるのみだ》
配達を終え、店に戻った。

和也は彼女を手に入れた。
しかし、店に迷惑をかけている。
和男は配達と大学を両立しているが、彼女はいない。

多くの場合、二兎を追うものは一兎も手に入れることができない。時間の流れのなか、何かを得れば、何かを得る機会を失うのだ。

第十四章　臨死体験か？

夏が終わり、秋が来た。

和男が通う大学は、十月十日の体育の日に、付属の幼稚園から小、中、高、大学まで合同の体育祭が開催される。その体育祭の前夜、店長が和男を飲みに誘った。

体育祭では、和男は全員参加の体操以外に参加の予定がないので、店長の誘いに応じた。

二人は、店から十分ほど歩いたところの居酒屋に入った。

「和也のやつはどうしようもない」

早々に、店長は和也に対する不満を漏らした。

「少しだらしないですね」

和男はウイスキーの水割りを飲み、答えた。

「けどな、和也が憎いわけじゃないんだ。おじさんも若い頃、和也と同じような面もあったからよく分かる。分かる分、腹も立つんだ」

お酒を飲むと店長は優しくなり、和也に対して理解を示した。

「俺はできるだけ和也の分をカバーしますけど、これ以上に配達区域が増えたらお客さんに迷惑がかかると思います」

《言うべきことは言っておこう》

「和也には、最低一年は続けてほしいもんだ。そのあとは、階段のない区域の店に移動してもらうことにする」

店長は言った。

「和也の体調を考えると、ここは厳しいですよね、それがいいですね」

和男はウイスキーの水割りを飲み干した。

「おじさんもおばさんも、和也に対してはもう限界だ」

店長は、和男にさらにウイスキーをすすめ、自分もウイスキーを飲み干した。

「和也は憎めない奴です。できれば店を替わってほしくないです」

和男はつまみのチーズを食べながら答えた。

「おじさん達にとっても一年間我慢することは辛い。けれども和也の将来もあるから我慢しているんだ。他の店だったらすぐにクビだよ、あんな奴は」

《確かに店長の言う通りだ、彼の真の目的は彼女を作ること。和也は配達を続けていく気はないし、他にバイトもしている》

二人は三時間ほど飲み、十時にお開きとなった。

翌日の朝刊、和男は二日酔いで配達した。

和男は、いつも通り階段を駆け上がり配達を続ける。

《少しふらつく。昨日は飲みすぎた》
爽やかな秋の朝、配達をほぼ終えた。
《今日は体育際、なるべく早く帰ってきて、夕刊の前に少し休もう》
和男は気楽な気持ちで大学に行った。

しかし、予定外のことが起きた。

「和男、僕の代わりにマラソンに出てくれないかな、今度おごるからさ」

金井は和男に、マラソンの代理出場を頼んだ。

金井は友達の誘いを断りきれず、出たくないマラソンへの出場を予定していたのだが、当日になって出たくない気持ちが強くなったのだ。

「いいよ。じゃあ今度、学食で定食をおごってくれ」

和男は引き受けた。

《配達で鍛えた体力と足腰を試そう》

マラソンが始まった。

和男はマイペースで走り続け、何人か出場した仲間達を追い抜いていく。

「よ、お先」

チェックポイントで、手の平に色の違うマジックでチェックをもらい、走り続けた。

しかし――。
《あれ、足に力が入らない》
和男は足を思うように動かせなくなり、足がもつれ、そして転んだ。
沿道にいる応援の生徒達の方に向かって、和男は倒れ込んだ。
生徒達は和男を避け、和男は柔道の前回り受身をとって立ち上がり、走り続けた。
《足が言うことをきかない。おっと、また転んだ。高校生くらいの女の子にぶつかりそうになったけど、なんとか避けられた》
和男は走り続けた。
《足に力が入らない……》
和男は下り坂で足がもつれて再び転んだ。柔道の前回り受身をとった。三回目だ。
《足に力が入らない……》
それでも和男は走り続けた。
下り坂で、またもや足がもつれて転んだ。受身はとったのだろうか？　覚えていない。
《……》
和男は意識を失った。
和男の後ろを走っていたクラスメイトの長谷川は、和男が転んでは起き上がり、転んでは起き上がり走り続ける姿を後ろから見ていた。

ついに起き上がれなくなった和男に、長谷川が声をかけた。

「大丈夫か？」

和男は返事をしなかった、しかし、和男は長谷川に笑顔を向けた。

後ろから、クラスメイトの加藤が来た。

和男が倒れていたのは、ゴールの二〇〇メートル手前であった。

「和男は重いな」

長谷川と加藤は、和男を校医のいるテントへと運んでいった。

テントの設置場所は小学生の待機場所近くにあり、テントの中を、大勢の小学生が覗き込み、そして笑っていた。


和男の体は、意識とは無関係に荒い呼吸を繰り返していた。

年配の校医はオロオロするだけで、何もしないで時間が過ぎた。

和男の両手には力が入り、手の平に爪が食い込んだ。

足は痙攣し、顔と首の辺りが時々引きつった。

意識が朦朧としているなか、校医の質問に、和男は首をかすかに動かすことで答えていた。


その時、和男は音楽を感じていた。

聞こえるのではなく、感じていた。
音楽のメロディーは、ビートルズの「レット・イット・ビー」のようだ。
《気持ちいい、このままでいたい》
何もしなかった校医は、和男の様子から危機感を感じて救急車を呼んだ。
和男は、心地よい感覚のなか、音楽を感じていた。

《すごく安らかなだ、ずっとこのままでいたい》
やがて、和男は救急車に運び込まれた。
《このままでいたら楽だろうな、配達もしなくてすむし》
《このままでいたら、死ぬんだろうな》
《もし死んだら新聞に載るのかな。新聞配達して大学に通っていることも載るのかな》
《死んだら借金だけが残る》
《死ぬわけにはいかない》
《親に迷惑を掛けることになる》
《おい、配達はどうするんだ》
和男は救急車の中で、強烈な意識によって覚醒した。
「大丈夫か、和男」

「本間か、付き添っていてくれていたんだ。ありがとう」

 病院に到着した。

 病院には心配した金井と長谷川が先に来ていた。

「ごめん、俺の代わりに出てもらってこんなことになって」

金井が申し訳なさそうに和男に言った。

「いや、大丈夫だ。なんだか、ふわふわしてすごく気持ちいい感じがしていて、そのままでいたかったけど、強烈な感情がわいて意識が戻ったよ」

「なんだよ、それ。それって、臨死体験じゃないの?」

長谷川が真顔で聞いた。

「臨死体験って、綺麗なお花畑とかを通り過ぎて、亡くなった親戚がこっちへ来てはいけないよとか言って生き返るやつでしょ? 違うと思うよ。けど少し似ている気もするね」

和男は感じたままを話した。

「それにしても和男はハンパでない。俺もあんな風に、前のめりに倒れ込んでは起き上がるような生き方をしたい」

後ろを走っていた長谷川は、正直な感想を言った。

「でも、小学生達は笑っていたんじゃない?」

和男はかすかな意識の中、感じた状況を長谷川に聞いた。

「小学生はサルだ、何も分かっちゃいない。笑わせとけばいいんだよ」

《長谷川はいいやつだな。すごく元気をもらえた気がする、ありがとう》

やがて、医師に呼ばれた。

「精密検査をします」

《昨日は店長とお酒を飲んでいたからなぁ。血液からアルコールが出たりしたらまずいかもな。ひょっとしたら店長に迷惑がかかるかもしれない》

「もう大丈夫です、ご心配をおかけしました」

和男は医師に言った。

「頭を打っているかもしれないから、精密検査を受けてください」

「いや、頭は打っていませんよ。なにしろ柔道を長いこと続けてきましたから、受身だけは上手いので」

「そうですか。それでは一週間くらい安静にして、無理はしないでください。もし、吐き気などがあったら必ず来るように」

友人達が和男の着替えと荷物を持ってきていた。

体操着から私服に着替えると、体のあちこちに擦りむいた跡があった。

転んだ時に、肩、肘、腕、足、膝、おでこなどを擦りむいていたのだ。

病院から出ると、それまで灰色に見えていた風景が、通常に戻っていたことに和男は気付いた。
《そういえば、さっきまで景色が灰色に見えていた。気を失っていた時に感じた「レット・イット・ビー」、そしてあの心地よい感覚は臨死体験だったのかな？》
《体の擦りむいた箇所、肩・肘・腕などは、柔道の前回り受身をした際に道路にこすったのがよく分かる。意識を失っても走り続けて転んで受身をとったんだ。肘や膝の傷は、起き上がろうとした時に道路でこすったものだろうな》
車で来ていた長谷川に最寄りの駅まで送ってもらい、和男は友人達と別れ、電車で新聞店へと戻った。
他のメンバーは学校に戻った。
《今日は体育の日で夕刊がない。とにかく明日までゆっくり休もう。気分はあまりよくないけど、なぜか生きているって素晴らしいことだと思える》
電車に揺られながら、和男は思った。
《頭を打たなかったのがよかったんだろうな、柔道の受身が俺を救ったんだね》
芸は身を助ける。中学、高校と続けてきた、柔道という芸が和男を救った。
《あれは臨死体験だったのだろうか？　だとしたら、死ぬのって気分がいいものかもしれない。すごく平和な気分だった》

第十五章　人に迷惑をかけるな

体育祭のあと、新聞店の自分の部屋で和男は寝込んだ。

この日は体育の日、夕刊の配達はなかった。

横になっていると、ドアをノックする音が聞こえた。和男がドアを開けると、そこには和也と綺麗な女性が立っていた。

「なんだか顔色悪いね」

和也が尋ねた。

「少し体調が悪いから、横になって休んでる」

いつもより小さな声で和男が答えた。

「これ、俺の彼女」

「いつも和也がお世話になっています」

和也の彼女が和男に挨拶した。

化粧をして、容姿が整っているスタイルのいい娘だった。

「どうも」

和男は体調が悪く、気持ちのゆとりもなかった。

「俺の部屋で一緒に飲もうと思ったけど、体調が悪いならやめといたほうがいいな。気が向いたら俺の部屋へ来なよ。一緒に飲も」

いつもの和男ではないことを、和也も感じとっていた。

「今日はやめておく」

「そうか、また今度な」

和也の部屋は和男の部屋の隣。壁越しに和也と彼女がふざけあっているのが聞こえてくる。

和男は二階にある洗面所に行き、何度か吐いた後、楽になって眠った。

彼女と一緒に楽しく過ごしている和也、体調を崩して吐き、眠りに着いた和男。二人は一枚の壁を隔て、正反対な時間を過ごしていた。

その後四日間、和男は辛い日々を過ごした。
配達の途中に何度か吐き、吐くものがなくても吐き、涙も出た。
《俺が配達を休んだら、店が大変なことになる》
体調が悪くても、階段の上り下りの数は減らない。和男は配達を続け、学校も休まずに通った。
《これは、自分を強くする絶好のチャンスだ》
柔道から得た心の持ち方を通じ、和男は自分に気合を入れた。

この体験で和男は精神的に強くなった。

時を同じくして、朝だけアルバイトで配達をしていた高橋が辞めた。

高橋は公務員で、生活は安定している。朝早く起きて走ると健康にいいということ、そして、自分の趣味に当てる小遣いを稼ぐために配達をしていた。

最近、扁桃腺の調子が悪く休みがちであったためにクビになったのだ。


そして、ついに和也も辞めた。

和男が学校に行っている間に、手紙を残していなくなったのだ。

手紙には、今まで迷惑をかけ続けたことに対する侘びと、目黒の花屋に住み込んで働くことにしたと書いてあった。

《和也にとっては彼女を作ることが目的で始めた新聞奨学生、和也は目的を果たしたからもうここにいる必要はない。どこかでピアノのある飲み屋でサイドビジネスをしながら、彼女と仲よくしているだろう、ガンバレよ》

しかし二人が辞めたしわ寄せで、その日の夕刊から和男の配達は更に増えた。

和男は階段の上り下りが更に増え、負担は大きくなった。

和也がいなくなって、和男の隣の部屋に徹が引っ越してきた。

当然のことながら徹は和男によく絡んできた。

風呂も一緒、トイレにまでついて来る、夜は一緒に寝ると言って、まくらを持って和男の部屋に来た。

徹としては、和也がいなくなったことで和男と過ごす時間が増えて嬉しかった。時に和男が部屋から出て行くように言っても聞かず、時々本気で怒って泣かすこともあった。

しかし、やがて徹は和男に怒られても泣かなくなった。


店長夫妻は、これまでは徹に教育テレビかニュース番組しか見ることを許さなかったが、金曜の夜だけ、テレビのある部屋を和男と徹のために空けてくれるようになり、二人でプロレスを見るようになった
ある日、夕食の時間に、店長夫妻が和也の話をした。

「和也のやつ、みんなに迷惑をかけている」

「連絡があったのですか?」

和男が聞いた。

「新聞育英会の担当者が困っている。和也の借金を父親に返済してもらいに行ったら、母親のところへ行けと言われて、母親のところに行くと父親のところへ行けと言われて、借金の取立てができないってさ。そして本人は行方不明だ」

店長はお茶を飲みながら話した。

「そうですか」

和男は答えた後に考え込んだ。

《目黒の花屋に住み込んで働いているらしいけど、自分が借りたお金は自分の力で返さないとだめだ。他人に迷惑をかけるのはよくない》

「和也の家は両親とも裕福らしいな。もともと彼の両親は別居していたらしいけど、和也のことがきっかけで完全に離婚したらしい」

「そうですか」

和男は複雑な気持ちになった。

《和也の生き方で、彼女を幸せにできるのだろうか？》

その後、和也から手紙が来た。

彼女と共に山のペンションでバイトをしているとのこと。

《互いに迷惑をかけ合う関係ならいいけど、一方的に迷惑をかけてはいけない。花屋さんには迷惑をかけなかっただろうか？　人に迷惑をかけるなよ》

第十六章　自分を信じる

水曜と金曜、夜六時から九時、和男はボランティアで少年柔道会の練習に参加した。

柔道着を着ると、和男の心は高校時代に戻った。

《俺は右組で得意技は背負い投げと巴投げ、そして寝技。しかし、左組での技ができるようになりたい。左組の内股は一本になりやすい。その醍醐味を味わいたい》

和男は、研究心を持って取り組んだ。

徹には、柔道をやっている和男がかっこよく見えた。

柔道の練習をするようになって、店主同士仲が悪い、隣の新聞店のパートのおばさんから挨拶をされるようになった。

それを、店長は快く思わなかった。


秋が過ぎ、冬休みになった、夕刊の配達を終えた夜に、和男は徹を連れて新宿に映画を観に出かけた。

映画は、スティーブン・スピルバーグ監督の「E・T」。

徹は家を出てからずっとはしゃいでいた。

「和男君、手をつないでいい？」

「いいよ」

二人は手をつないで映画館へ入った。

映画を見終えた帰りの電車内、新聞店に近づくにつれて徹の気分は沈んでいった。

「元気がなくなってきたけど、どうかした？」

和男は徹に声をかけた。

「ねえ、和男君、今日の映画を見た感想は？」

真面目な表情で徹は和男に尋ねた。

「えっ、面白かったよ」

「どこがどういう風に面白かった？」

徹は上目遣いで和男を見て言った。

「うーん、俺は物事を言葉で表現するのは苦手なんだ。とにかく面白かったよ」

和男は思った通りに答えた。

「僕はそれじゃあ困るんだよ」

「えっ、なんで？」

「父さんに必ず聞かれるんだ。面白かったって言ったら、どこがどういう風に面白かったかって。答えられないと怒られるし、変なことを言っても怒られるんだ」

「楽しく映画を見られたらそれでいいじゃん。そんなことに気を遣いたくないね」

《おじさんもしょうがないな》

二人は新聞店に着いた。

「お帰り、どうだった？」

店長は聞いてきた。

「面白かったですよ」

和男は答えた。

「面白かった」

徹が答えた。

「おっ、徹、今日はスパッと答えたな」

これまで店長は、徹の曖昧な態度を歯痒く感じて怒り、徹は怒られるのが嫌でオドオドしてしまう、互いの思いが悪循環になっていたのだ。

「それじゃ、おやすみなさい」

「おやすみなさい」

和男と徹は店長にそう言い、部屋に戻るために階段を上がった。

和男が布団に入ると、徹が枕を持って和男の布団に入り込んだ。

「今日の映画、面白かったね。本当に自転車で空が飛べたら楽しいね」

和男の隣に横になり、天井を見ながら徹が言った。

「そうだね、宇宙人と友達になって、そんなことができたら楽しいだろうね」

布団の中で横になると、リラックスして感想が出てくる。

「宇宙人でも友達っていいものだね。今は和男君が友達ですごく嬉しい」

徹が答えた。

「俺は宇宙人か？」

和男が聞いた。

「ちょっとそんな感じ。おやすみ」

「おやすみ」

「今のが映画を見た俺達の感想だね。映画を見て感想を持つのはいいことだな」


やがて、大晦日が過ぎて正月が来た。

新聞店にとって大晦日は、折込の枚数が異常に多く、準備に時間がとられる。

元日の新聞は通常の二倍以上の厚さになり、バイクに積み込むのと、ポストに入れるのに苦労したが、配達の終了時間がいつもより遅くなることを許された。

元旦に朝刊の配達を終えると夕刊はない。翌日二日は朝夕刊共に無し、三日の朝刊から配達が再開する。

元旦の朝から二日の夜まで、和男は実家に帰った。

家族が揃う正月、和男は実家に一泊して、二日の夜に新聞店に戻った。

和男は家族から抜け出し、暗い夜道を歩いて駅まで歩いて新聞店へと戻る。

一人で歩く帰り道、別れ際の家族の悲しげな表情を思い出し、寂しい気持ちでいた。

《別れ際の家族の目が悲しく見えたな、もう少し長く家族といたかった。けど、しょうがない、これが俺の人生だ》

いつも不良がたむろしている場所を通りかかった。その日は誰もいなかった。

冬休みが終わり、学校が始まった。

和男が通う工学部では、機械要素の基礎実験を毎週行っている。

実験は時に失敗し、終了時間が遅くなることがたまにあった。

実験が長引いたある日、和男は、基礎実験中に教室から抜けて新聞店に電話を入れた。

電話に出たのは、店長だ。

「すいません、今日は少し遅くなります。平場のほうはできません」

和男は申し訳ない気持ちで連絡した。

「ああ、分かったよ」

怒鳴られて一方的に電話が切られた。

《すっげぇ不愉快だな》

もともと平場の配達は冬休みの間だけの約束、冬休みが終わってからも親切心で配達を続けていたつもりが怒鳴られたのだ。

やがて、基礎実験が終了し、和男は駅まで走っていく。

新聞店に戻ると、すぐに配達を開始。

《今日の電話には腹が立った。夕刊はもともと自分の区域だけでいいはず、ひとこと言わしてもらう》

夕御飯の時、店長はいつも以上に優しく和男に接し、いつも通り社会問題について持論を述べた。

《電話で怒鳴られた時は何かあったのかもしれない。実験のない普通の日は、平場の配達をする余裕もあるし、抗議はやめておくか》

夜、寝ていて和男は思った。

《平場の夕刊はきちんと断れ、未来のために》

自分の心から湧き出た声だ。

新聞店に住み込み十ヶ月間、和男は店長の行動を見てきた。

朝は起きるのが一番遅い。

和男が配達を終えて戻ったころ、まだ折込を新聞に入れて配達の準備をしていることがたびたびあった。

新聞配達の基本は早起き、お客さんは早く届かないと新聞を他に変えてしまう。

《だらしない人だ、店長なのに》

店長の朝が遅いたび、和男は思った。

この新聞店は、奥さんが苦労をしすぎていると和男には思えた。

奥さんは毎朝一番早く起きて配達と家事の両方をしている。店長よりたくさん仕事をしていることは明らかだった。

そのせいか、奥さんの染めた髪は、根元を見るとすべて白髪だ。

《おばさんがかわいそうだ。これでは店長はヒモと同じだ》

ある日、奥さんが泣いていた。

「どうかしたのですか?」

和男が聞くと、

「店長を駅に車で迎えに行った帰りに、車のバンパーを電信柱にこすってしまって……。店長は機嫌が悪いの。私のせいなの」

店長にひどく怒鳴られたとのこと。

《もともとは飲みに行った店長を迎えに行ってのこと。しかも大したことないじゃん》

店長はお酒を飲むと機嫌がよくいい人だったが、それは一面で、誰にでもいろいろな面がある。

《店長の行動・品格・器量、俺は尊敬できない》

「平場の夕刊はきちんと断れ、未来のために！」

普段の和男が心の奥にしまい込んだ感情、心の底からの感情が言葉となった。

和男の大学では、卒業生の多くが教職課程を受講し教員免許を取得する。

教員という職業に、和男は少し惹かれていた。

《人が生きた価値は、関係した人の心に、いい形でどれだけ残れるかだと思う。いい教師はそれができる》

教職課程説明会の連絡が掲示された。説明会は十五時から十八時。

参加するには夕刊の配達を休む必要がある。

一週間前、夕刊の代配をしてもらいたいと事前に奥さんに伝えた。和男が休んだ際に、和男の配達区域をカバーするのは奥さんだからだ。

教職課程説明会のある当日。

「今日は、教職課程の説明会に出ます。すいませんが夕刊はお願いします」

教職員課程の説明会がある当日、朝食を終えると、和男は店長夫妻に言った。

おばさんは頷いて了解してくれたが、店長は違った。

「おまえは自分の都合ばかり言っている」

店長が怒鳴った。

先日は電話で怒鳴られて一方的に電話を切られた。

しかし、今回は互いに向き合っている。

「奨学生は、こういうものではないのですか？」

和男は常日ごろ感じている通りに主張した。

「なんだと」

「やるって言うならいつでも相手になりますから」

和男は正面から店長を見据えて言った。

「クビだ」

店長は怒り、怒鳴って言った。

和男はコンクリートの壁を、思いきり数回殴った。

拳の皮がむけて血が流れ落ちた。

「分かりました」

和男は血の出ている拳を舐め、部屋を出た。

店長は、わなわなと震えていた。

奥さんと徹は何も言わなかった。

《俺がいなくなれば、この店は成り立たない。相当困ることになる》

和男には自信があった。


「どうした、その手、血が出ているぞ」

大学の友人、渡辺が聞いた。

「今日の教職課程説明会に出席するために、こうなった」

「なんだって?」

和男が説明すると、渡辺は納得し医務室へ付き合った。

手当てを受けた後、教職課程の説明会に渡辺と和男は出席した。

二人は一番前の席に座った。

「教職課程は中途半端な気持ちで受けてもらっては困る。本気で教師になろうとする者は残ってくれ。それ以外の者は、すぐに退席してください」

《俺の教師になる気持ちは中途半端だ。帰ろう。夕刊の配達をしよう》

渡辺も同じ気持ちだった。

渡辺と和男は退席した。

和男は急いで戻り、配達を開始した。

「おばさん、俺が配達します」

「あら、今日は遅くなるんじゃなかったの?」

「教職課程は、とらないことに決めました」

和男は配達しながら考えた。

《教師になりたいと本気で思った時、教師になればいい。今だって柔道の先生をしているし、得意なことで教師になる道は必ずある》

夕刊の配達をいつも通りに終えた。

夕日がきれいだった。

その日の晩、夕食の席は気まずい雰囲気で、話し好きの店長は新聞を読み、何も喋らなかった。

その雰囲気のなか、和男が話を切り出した。

「俺、教職員課程はとらないことに決めました」

「どうしてなの?」

奥さんが聞いた。

「本気で教師になろうとは思っていないことを、確認できたからです」

「友達はどうなの、教職課程はとらないの?」

奥さんは心配顔で聞いた。

「友達も退席しました」

「そう」

「まあ、和男、飲め飲め」

店長がビールをすすめた。

和男が教職課程をとらないことを知り、ほっとしたのだ。

「最近の教師は大変みたいだぞ、うつ病になるのも多いし、苦労の割には給料も安いみたいだしな」

店長が言った。

「俺が教師になるとしたら、社会経験を積んでからにします。そして、本気で教師になりたいと思った時に教師になります」

《俺はうつ病になんて絶対にならない。給料が安くてもいい。それより、若い人と関わって「ありがとう」と思ってもらえれば嬉しい。「あの先生、今頃どうしているかな」なんて思い出してもらえればそれでいい》

店長と和男は自然に仲直りした。


夜になり、布団に入った。

隣には徹がいる。

「和男君、手は大丈夫？」

「少なくとも死ぬことはないな。それにな、俺はこれまで柔道をやってきたけど、本当にやりたかったのは空手なんだ。だから壁を叩くのもありなんだよ」

和男は少しふざけて言った。

「和男君、今日、お父さんに言っちゃったね。怖くなかった？」

徹は和男の顔を見ながら聞いた。

「怖くはなかったな。ただただ、ムカついていただけ」

「和男君、辞めたら嫌だからね」

「俺は借金を残して辞めるようなことはしない。ただ、店は替えるかもな。それはそれでしょうがないだろうな」

和男は正直な感想を話した。

「和男君とは別れたくないな」

「別れは必ず来るものさ、早いか遅いかはあるけどね。おやすみ」

「おやすみ」

《平場の方の配達を断らなかったけど、俺は怒るべき場面で怒った。言うべきことを言った。少しだけ運命がいい方向に動いたような気がする》

徹はすでに眠っている。

《俺は、自分を信じる》

寝込んでしまう前、和男はそう思った。

第十七章　期間限定・まっすぐに取り組む

三学期が終了して春休みになった。

和男にとって夏休みと冬休みは朝夕刊があり、友達と交流が持てない疎外感を辛く感じたが、春休みの時には慣れて、辛く感じることはなくなった。

《朝夕刊と折込だけの春休みは空しい。何かを始めよう、期間限定で》

春休みに、いつものように徹と競争しながら折込をしていると、中に英会話やピアノ教室、ダンススクール、テニススクールなどのチラシがあった。

「俺、春休みは期間限定でテニスをやる」

折込を見て和男が言った。

「そういえば和男君、柔道の練習は明日だよ」

「よし、明日は、午前中はテニススクール、夜は柔道だ。俺の春休みは、新聞の折込と配達だけで終わりにはしない」

和男は知らず知らずの間に、折込の手を止めていた。

「また僕の勝ちだね。和男君は修業が足りないようだね」

徹が折込作業を完了した。

「ごもっとも、集中力がゼロだったよ」

二人は折込作業を終え、夕刊まで空き時間となった。

「よし、テニスのラケットを買いに行こ。徹君も行く?」

「うん、行く行く」

二人は歩いて、駅に接続している百貨店へ行った。

百貨店は駅と一体で、屋上にはテニスコートがある。

和男がチラシで見たテニススクールは、ここでやっており、テニスのラケットを含むスポーツ用品も売っている。

和男はボールの当たる面が大きい、緑色に輝くラケットを買った。

《大きいラケットほどボールがよく当たるだろう。そしてこの色が気に入った》

二人は少しの間、ゲームセンターで遊んだ。

「徹くん、これで好きなゲームをしていいよ」

和男は徹に千円を渡した。

「やったぁ」

徹はゲームセンターで遊んだことはなかった。

夕刊までの少しの時間、二人はゲームをして遊んだ。

翌日、和男は手続きを済ませ、テニススクールの初心者コースに参加した。

初心者コースに、近くの大学生や高校生、近隣のおばさん達が参加をしていた。

コーチは、よく日焼けをした色の黒い二十代の女性。外見からも何かのスポーツをしている雰囲気を持っていた。メンバーの話によると、テニスの世界ではそこそこ有名で、日本ランキングに入っているとのことだった。

　まずは準備体操。アキレス腱を伸ばしたり、二人ずつ組んで体を伸ばしたりなど。その後、ラケットにカバーを付けた状態での号令に合わせた素振り。適度に汗をかいた後、ボールを打ち返す練習が始まった。

「球出しをしますのでフォアハンドで打ち返してください。余裕のある人は、コートの隅を狙って打ち返してください」

　一名ずつ、コーチが十球のボールを出し、生徒はフォアハンドで打ち返す練習が始まった。

　まずは男子大学生がコートに入り、ボールを打ち返した。

　二球がネットに引っかかり、残り八球はコートの隅近くにボールを返した。

《ここ、初心者のクラスだよね。この大学生は絶対に初心者なんかじゃない》

「はい、次」

　コーチが生徒に声をかける。

「はいっ」

　次は女子高校生だ。

　ボールに勢いはないものの、すべてのボールを丁寧に打ち返し、ボールもほぼ狙った場所に落ちた。

《この子も上手だな、大したものだ》

「はい、次」

次は近隣のおばさんだ。

《いくらなんでも、このおばさんはこの体形だ。この人だけは素人だろう》

しかし、おばさんは上手かった。

その体に似つかわない動きで、すべてのボールを打ち返した。

球の威力はないものの、コントロールはよかった。

《みんな上手じゃん》

「はい、次」

和男の番が来た。

一球目、空振り。

他のメンバーからどよめきが起きた。

「ほら、ボールをよく見て」

二球目、ラケットの柄の部分にボールが当たり、ボールは後ろ上方へ飛んだ。

「ほら、もっとボールをよく見て」

三球目、また空振り。メンバーの注目の的になっていた。

《恥ずかしいな、俺が一番下手くそだ》

四球目、ラケットに当たった。

ボールは遥か彼方へ飛んで行き、時計台に当たった。

「うわ、大ホームランだ」

メンバーの誰かが叫んだ。

「こら、野球じゃないのよ」

コーチが言った。

「脇が開きすぎ。今からこのボールを脇の下に挟んで、それが落ちないようにラケットを振って打ち返して」

コーチは続けて言った。

五球目、ボールをバウンドする前に打ち返し、まっすぐに飛んだボールがネットに引っ掛かった。

「よし、今の感じはよかったわ。脇の下に挟んだボールを落とさないように、ボールの落下地点に早めに移動して、構えをつくって、ボールがバウンドするのを待ってから打つように」

「はいっ」

《よし、ボールが落ちる前に移動して、ボールがバウンドするのを待って、バウンドしたボールをよく見て、脇からボールが落ちないようにと。それっ》

ボールが勢いよく飛び、反対側のコート内に入った。

「やった、入った」

和男は思わず声を上げた。

「ナイスリターン」

コーチが声をかけた。

残り五球は、ネット二回、オーバー二回、イン一回、空振りとホームランはなくなった。

その後、バックハンドの練習、そして、二人ずつペアになって互いに打ち返す練習へと移行していった。

ペアでの練習ではコーチが和男の相手をした、他のメンバーと和男がペアでは相手にストレスとなると考えたからだろう。

やがて、初回の練習は終了した。

《楽しかった、春休みはテニスのプロになるつもりで練習するぞ》

テニスの練習の翌日、いつもと変わらない朝、いつも通りに階段を駆け上がって朝刊の配達をした。

《テニスではボールが落ちる前に素早く移動する、それには強い足腰が必要だ。階段の昇降はテニスにプラスになる》

継続して階段を駆け上がる配達は、足腰を強くする。

バイクで移動中、一人でテニスの壁打ちができる場所にさしかかった。朝早いので誰も練習をしていない。

《おっ、ここで壁打ちの練習ができるじゃん》

配達を続けると、またテニスの壁打ちができる場所があった。

《おっと、ここでも壁打ちの練習ができるじゃん》

これまで気にしていなかったが、和男の新聞店から歩いて行けるところや配達の担当地区に、壁打ちの練習ができる場所が数箇所あった。

《配達中に壁打ちができる場所があることはなんとなく知っていたけど、ここ、すごくいいじゃん》

何かを始めれば何かに気がつく。

和男はテニスを始めたことで、テニスの壁打ちができる場所が魅力的に見えた。

自分の好きな時間に、テニスの練習が一人でできるのだ。

その後、週二回のテニススクールの他、和男は、毎日壁打ちの練習を続けた。

始めたばかりの頃は、ボールが壁を越えて飛んでいき、ボールを捜すのに時間を費やしたが、数日のうちに上達した。

柔道で鍛えた基礎体力、階段の昇降で鍛えている脚力と、体力は十分にあり、時間が許す限り壁打ちを続け、三回目のレッスンから明らかにレベルが向上した。

コーチの和男を見る目が変わった。

六回目のレッスン、和男はメンバー全員にゲームで勝った。

和男の打つボールには勢いがあり、メンバーはほとんど打ち返せなかった。

《俺は一番ヘタクソだったけど、今は違う。テニスが楽しくなった》

和男は毎日壁打ちの練習を続けた。そのうち、そこでよく会う上手な人が、自然に和男にアドバイスをするようになった。その人はテニスコーチの資格を持った社会人だった。

《懸命に取り組めば、道は広がっていく》

雨が降っている。
《雨の日は、晴れの日のありがたさがよく分かる》
いつも通り階段を駆け上がるが、合羽を着ているため動きにくい。そして、合羽の内側に水蒸気が凝縮して、汗と混じって合羽の下の衣類が濡れていく。
配達を続け、壁打ちの場所にさしかかった。
《雨だ。テニスの練習は休みにするか。けどやりたいな、合羽着てやってみるか》
雨の中、壁打ちの場所を通り過ぎて和男は思った。
《テニススクールでテニスを習うのは春休みだけ。春休みの間は、まっすぐにテニスに取り組もう。期間限定、まっすぐに取り組もう》

第十八章　厳しかった先生に感謝

春休み、地区の柔道大会が開催された。

和男は一般有段者の部門にエントリーした。

小学生から大人まで、低学年から順番に試合が進行し、最後に一般有段の部が始まった。

「いよいよ和男君の出番だね」

徹が、ストレッチをしている和男に言った。

「そうだな」

適度に緊張した和男は、静かに答えた。

《俺は冷静に頭を使う。そして、全力で戦う》

和男の一回戦が始まった。

「はじめ」

「一本、それまで」

開始早々、鮮やかな背負い投げで和男は一本勝ちをした。

「和男君、すごい！」

徹が叫んだ。

「つえー」

「すげー」

「やばい」

和男の通う道場の子供達が口々に叫んだ。

「かっこいい」

父兄から声があがった。


二回戦目。

「はじめ」

「一本、それまで」

巴投げで一本勝ち、秒単位での一本勝ち。

子供達や父兄、徹は自分のことのように喜んだ。

和男は輝いていた。

三回戦目。
《次の相手は強い》
対戦相手はすべての試合を数秒で終わらせて勝ち上がり、体重は一〇〇キロを超えている。

耳は潰れ、道衣には某大学の刺繍があり、誰が見ても強者であると分かった。

《耳が潰れている。寝技が強いはずだ。寝技にはいかないほうがいいな》

「はじめ」

開始の礼の後、和男はフットワークを使い、左に円を描いて動いた。

組んだ途端、凄い力で引き付けられた。

体が重たくて、和男が技をかけても通用しない。

和男は相手の技をかわし、一進一退、残り時間が少なくなった。

「あと三十秒」

《このまま引き分けか？》

相手が技を掛けて潰れたところを和男が押さえ込む。しかし、すぐに返されて反対に押さえ込まれた。

場外間際で押さえ込まれ、まるで岩の下敷きになったようだ。

「佐藤先生！　佐藤先生！」

「佐藤先生頑張れ！」

少年柔道会の子供達や父兄が大合唱の声援をするなか、和男は押さえ込みを外そうと抵抗するが、岩のような押さえ込みを外すことができないまま三十秒が過ぎた。

「押さえ込み、一本！」

主審の声が響いた。

《くそ、しでかした。寝技にはいかないはずだったのに》
和男は負けたが、不満はなかった。
みんなの声援をとても嬉しく感じたのだ。
《柔道をやっていてこんなに大勢に応援されたのは生まれて初めてだよ。柔道をやっていてよかった》

「なんで負けちゃったのー」

「プロレスの真似なんかして遊んでいるからだよ」

「カッコよかったよ」

「輝いていたよ」

子供達が声をかけてきた。

「和男君、三位だよ」

徹が和男に伝えた。

優勝したのは三崎先生。和男に勝った選手だ。

三崎先生は、東北大会で準優勝した経歴の持ち主だとあとで知った。

試合後、和男は柔道会の父母達と一次会、二次会と楽しい時を過ごした。

二次会では人数が減り、父母の一人が経営するスナックへと移動し、打ち解けた雰囲気で乾杯。世間話を始めた。

「佐藤先生は、いつから柔道をやっているのですか？」

柔道会の井上先生がビールを和男にすすめながら聞いた。

「中学、高校とやっていました」

和男が注がれたビールを飲んだ。

「新聞配達をして大学に通っているそうですけど、ご両親は健在なんですか？」

「健在です。家を出たかったのと、家が裕福ではないから、新聞配達をして学校に通っているんです」

「えらいわねー、うちの長男に爪の垢を飲ませたいわ」

柔道会にいる子供のお母さん、工藤さんが和男に話しかけた。和男と同じ年齢の長男と中学生、小学生の子供がいるとのこと。

《スタイルがいいし、身なりや雰囲気は若そうだけど、俺と同じ歳の子供がいるんだ》

「俺は偉くなんかないです。やりたいようにやっているだけです」

《親は反対したからなぁ》

「佐藤先生はかっこいいわ。この店、私が経営しているの。よかったらいつでも来て。柔道会のボトルがあるから、お金はいらないわ」

「ありがとうございます」

工藤がビールを注いだ。

「佐藤先生、今日はかっこよかった、輝いていたわ」

《子供達も同じことを言ってくれたな。俺は輝いていたか。これまで知らなかった地域の人達に柔道で先生と呼ばれるのは嬉しい。中学、高校と柔道をやっていてよかった。厳しかった顧問の先生に感謝だ》

第十九章　変化はチャンス

春休みが終わりに近づいた。

和男が朝食を終えて残紙（残った新聞）の整理をしていると、店に運送業者が来て、店長家族の家具を次々と運んでいった。

《何だろう、突然》

店長夫妻は、和男に何も知らせなかった。

《なんか不愉快だな。店長は何を考えているんだろう？》

和男に何の話もなく、奥さんや徹が和男と話をする時、二人とも元気なく悲しげな日が数日続いた。

《おばさんと徹君は、店長に口止めをされている。店長は器のちっちゃい男だ》

夕刊の配達が終わったある日、和男は店長に声をかけられた。

「今日は外で夕食を食べよう。さっ、行こう」

近くの洒落たレストランに着くと、店長はビールと高価なサーロインステーキを二人前注文し、ビールのジョッキを手にした。

「乾杯」

ビールを飲み店長は話しはじめた。

「おじさんは、今の店を辞めることにした。今の店でこのままじゃあ満足できないんだよ」

「これからどうするんですか？」

和男が聞いた。

「今の配達区域は近くのS新聞店に任せて、おじさんは八王子で別の新聞店をやることにした。和男の行き先は、あとで育英会から連絡がある」

「分かりました」

《店長は一家の主、舵取りを間違えたら家族は不幸になる。そうならなければいいけど》

レストランの外に出ると、夜空にカシオペア座が見えた。

「おじさんは、あの星をもう何年も見ながら配達しているんだよ」


「今度住むところはどんな所だい？」

部屋に戻り、和男は徹に聞いた。

住居と店舗は別々で、住居は商店街の二階で六畳二間とのことだった。

《おじさん、おばさん、思春期の姉弟、ここではみんな個室だったけど、これからは家族全員で六畳二間、俺が過ごしてきた生活と似ている。この家族はこれから大変な思いをすると思う》

その後、和男は次の配属店が決まらない数日間、実家に帰った。

《配達がないと本当に楽だ。なんでもできそうな気がする》

和男の通うT大学は、成績表が実家へ送られてくる。

実家に届いていた成績表を開けてみると、科目数二十のうちAが十五で、Bが五。単位は一つも落としていなかった。

四年の就職活動前までにAが三十二以上で優良企業に推薦される。

遅刻、欠席は共にゼロ。

《いい成績じゃん、俺も一年間頑張ったな。新聞奨学生のシステムでカバーしきれない学費は、給料を貯めて払ったし。眠くてだるい日が多かったけど、講義は一番前の席で寝ないで聞いたし。みんなと遊べない辛さや寂しさをエネルギーにして勉強や柔道、テニスに励んだし。ボクサーじゃないけど、俺はハングリー精神を持って生きている》

居場所が定まらず、配達をしない日々は、不安があったが、それを上回る自由で気楽な数日だった。

やがて、育英会から新しい配属先の連絡があった。

小田急線のT駅で、午前十時、配属先の店長が迎えに来るとのことだった。

雨の中、待ち合わせ場所で和男が待っていると、土木作業員の親方みたいなズングリとした体形のおじさんが、傘を差して歩いてきた。

「佐藤君？」

「はい、佐藤です」

「南原です。それじゃ行こうか」

「はい」


駅から歩いて着いたのは、多摩川に近い新聞店だった。

新聞店に着くと、板前のような風貌の奨学生が一人、折込作業をしていた。

「はじめまして、佐藤です」

「本田です」

和男は店に着くとすぐに、本田と二人で折込を始めた。

本田はM音楽専門学校に通う奨学生で、関西出身、和男より年が一つ上だ。

二人はすぐに打ち解けた。


新聞店の家族は、南原店長に奥さん、小学生五年と四年の男の子、小学校一年生の女の子という、元気でにぎやかな家族だ。

今度の店長は、これまでの店長と対称的に言葉は少ない。

帰りが遅くなる日は、理由を話して許可を求めると快く承諾してくれた。

奥さんは店長より背が高くて美人、そして優しかった。

これまでは新聞店の家族に溶け込んだ生活であったが、安アパートの一室で一人部屋での生活になった。
《前の生活もよかったけど、これからは店の家族とは別々で気が楽だ。今度こそ一人暮らしができる》
配達は以前と異なり、階段を駆け上がる必要がなかった。
《これまでは自分を奮い立たせて階段を駆け上がっていたけど、ここの配達は楽だ。バイクで走るのがメインで、時間が過ぎれば配達も終わるという感じだ》
和男は、道に面したポストにはバイクに乗ったまま素早くポストに新聞を入れ、バイクを降りて走れるところは走って配達をした。

しかし新しい配属先では、いいことばかりではなかった。

配達の部数が多い分、集金件数も多い。かつ、手間のかかるお客も多かった。

以前の団地は部数が少なかった分、集金先も少なく、比較的裕福な家が多かったために三日でほぼ集金が完了していた。しかし、今度の区域は安アパートが多く、学生や一人暮らしの人が多く、いつ集金に行っても留守の家が多い。中にはとんでもない客もいた。

また、和男が配達を担当した区域は、朝刊・夕刊・集金を、それぞれ別の人が担当していたため、引き継いだ初期には、これまでの尻拭いが必要となった。

初回の集金時に、和男は不具合を是正していった。

新聞を配達しているものの集金用の証券（半券が領収書）が存在しない家が多数、また、その逆で、配達をしていないのに証券があるケース。

何度も止めてくれとお客が言っているにもかかわらず、朝刊、もしくは夕方が配達されている家、また、夕刊しか来ないという家、これまでに一度も集金に行ったことがない家など、不適切な部分を、一軒一軒是正していった。

《なんていい加減なんだろう。俺がすべてはっきりさせる》

証券のない家は作ってもらい、お客さんが止めてくれと言ったけど新聞を入れていた家は、払っていただくようにお願いをして払ってもらい、その後に新聞を止めた。

まったく払う気がなく居留守を使う家は、翌日から新聞を止めた。

和男は、自分の受け持つ区域の仕事を明確にした。

中には、一回も新聞代を払ったことがない、ろくでもない客がいた。

イレズミをして、頭の前半分が坊主頭で、後ろ半分が長髪の変なおじさん。

和男が集金に行くと、

「明日来てくれ」

「わかりました明日伺います」

そして約束通りに、次の日に集金に行くと、

「五日に来てくれ」

しばらくの間待ち、五日の日に集金に行くと、

「あれ、このあいだ払ったよ」

と、とぼけた。

「いいえ、絶対にもらっていません」

言い返すと、

「じゃあ、十日に来いや」

変なおじさんは怒鳴った。

それから六日過ぎて、一日遅い十一日に集金に行くと、

「なんだ、十日に来いと言っただろ」

また怒鳴った。

和男は腹が立った。

「そっちが何度も約束を破っているんだろ、いい加減にふざけないでください」

和男は相手を睨みつけた。

《やるっていうならやってやるよ》

なんだかんだ言いながら、スポーツ新聞一ヶ月分代金、二〇〇〇円をようやく払った。

「もういらないからな。帰って、帰って」
《もう二度と新聞は入れないし、来ないよ》
買った商品の代金を払う気はなく、自分に都合の悪いことは忘れた振りをする。
相手を威嚇して、嫌な思いをさせれば、やがては諦めると思っていたのだろうけれど、
和男には通用しなかった。
翌日から和男は新聞を止めた。
《もう、ここに集金に来なくてすむ。せいせいするね》

この地域には、暴力団関係者が住んでいる。和男の店に来る新聞勧誘員の下田は、Y組系暴力団員で、手下が七十人もいる。高級外車に乗っていた。

配達の途中、和男は高級外車に乗った下田に会った。

「暑いだろ、何か冷たいものでも飲め」

ジュース代といって、和男にお金を渡した。

「何かあったらよろしくな」

下田は和男に言った。

《会うと必ずお金をくれるな。それと毎回同じことを言ってくる。何かあったらよろしくなって、なんか気持ち悪いな》

以降、涼しくなってきたのを期に、

「もう暑くないので、ジュース代はいりません」

　和男は下田に返事をした。

　和男が店を移って一ヶ月、南原から、以前和男が住み込んでいた新聞店店長のその後を聞いた。

「佐藤君、今日、社の寄り合いで聞いたけど、君が前にいた店の店長は行方不明になったそうだ」

「ええっ、どういうことですか？　八王子で新聞店をやるって聞いていましたけど」

　和男は驚き聞き返した。

「その話はだめになったそうだ」

「えっ、どうしてですか？」

「さあ、詳しくは分からないけど、その後、他の店に専業の配達員として入ったけど、長続きしなくて、その後は行方が分からなくなったそうだ」

「そうですか」

《おばさんは苦労をしているに違いない。裕子ちゃんの学費は大丈夫か？　徹君はどうしているだろうか。一緒に寝ると言って俺の部屋に来た徹君を思い出すよ》

「それとな、先崎さんが、佐藤君は元気にしているかって言ってたよ」

　先崎さんは、和男の世話役で、前の店にたまに来ていた人だ。

《俺のことを気にかけてくれている、ありがたいことだ》
「前の店長のこと、何か分かったら教えてください」
《徹君と別れが迫った日曜日、二人で江ノ島に遊びに行ったなぁ。徹君は俺との別れを一番悲しんでくれたっけ。お互い、幸せになろうな》

新聞店と住居が変わった後も、和男は少年柔道会の練習へは通った。
電車を乗り継ぎ、坂道を歩き、暗いなか、以前住んでいた建物の前で立ち止まった。
《俺はあの部屋に住んでいた》
雑誌販売関係の会社に変わった建物を通り過ぎた。
《この変化は俺にとってはチャンスだ》
「よし、駅まで走ろう。配達と同じで走れるところは走ろう」
《以前は新聞店の家族と一緒に住んでいて、見られていたから学校をサボれなかった。もちろんこれからもサボる気はないけど、あの環境のお蔭で俺は無遅刻無欠席で毎日を過ごすことができたと思う。最初から今の環境だったら、誰の目もない一人の部屋で眠っていたかもしれない。俺はよい方向に誘導されている》
環境の変化は、和男に刺激とチャンスをもたらす。
《よい方向に導かれている。変化はチャンスだ》

第二十章　力を発揮できる幸せ

大学二年の六月、和男は柔道の道場別対抗試合・団体戦に出場した。

先方・次方・中堅の三人が初段、副将、大将の二人が二段の五人チームで勝敗を競うもので、個人戦と違い、チームのメンバーと喜びと悔しさを共有することができる。

和男が所属したチームは、二つの少年柔道会の合同チームで、チーム名はM道場。

先方は林君、陸上競技が得意なハンサムでスマートな高校二年生。

次方は川村君、物怖じしない中学三年生。

中堅は佐々木君、体重百キロ超の高校二年生。

副将は和男。

大将は杉本先生、ハンサムで体格のいいレントゲン技師の先生だった。


一回戦。

M道場対F柔道館。

先方が負けたのみ、四対一で勝利。

和男の相手は二回場外に出て警告を宣せられた後、背負い投げで和男の一本勝ち。

二回戦。

M道場対K柔道塾。

和男の出番までの三試合は〇勝二敗一分、和男が勝たなければM道場の負けが決まる。

「始め」

和男の相手は背が高く痩せ型、懐が深くて技が掛り難く、時間が過ぎていく。

《まずいな、引き分けたら負けだ》

「佐藤先生ガンバレ、ファイト！」

父兄や仲間が応援してくれている。

《相手は引き分けを狙いにきている、絶対に勝つ》

「だーっ！」

大きな掛け声とともに強引に背負い投げ、袖を離さずしつこく巻き込んで寝技に持ち込み、横四方固めで押さえ込み。

「一本、それまで」

和男が勝ち、一勝二敗一分となった。


M道場の大将、杉本先生が和男と入れ替わりで試合場に上がる。

和男と杉本先生は、すれ違いざまに右手を合わせ目で合図をした。

《勝ちにいきましょう》

「始め」

杉本先生の相手は明らかに引き分け狙いだ。

杉本先生は、引き分け狙いの相手が気を抜いた瞬間を見逃さなかった。

豪快に内股で相手を投げた。

「一本、それまで」

「杉本先生カッコイイ」

父兄から黄色い声援。

二勝二敗一分となり、決着は代表戦となった。

「杉本先生、どうぞお願いします」

和男が杉本先生に言った、すると、

「いやいや、佐藤先生こそどうぞ」

「どうぞどうぞ」

「いやいや、どうぞどうぞ」

互いに頭を下げながら同じことを言い、周囲の父兄が笑いだす。

「あの二人、譲りあっているのか押し付けあっているのか分からない」

「それでは、俺が代表戦に出させていただきますね」

和男が言うと、

「どうぞ、どうぞ」

杉本先生が答えた。

M道場の代表として、和男が試合場に上がった。

「始め」

相手が組んですぐに払い腰を掛けてきたのを谷落として返し、すぐ送り襟締め、相手ははたまらずに参ったの合図。

「一本、それまで」

開始から十秒。歓声が上がった。

「佐藤先生カッコイイ」

子供達や父兄が声援をくれた。

「今のK柔道塾は優勝候補です。みなさんは優勝候補に勝ったのですよ」

井上先生は喜び、選手達に言った。


三回戦。

M道場対T道場。

先方が負け、次方が引き分け、中堅が勝ち、一勝一敗一分で和男の出番となった。

「始め」

右の大内刈りから、左足を相手の脇腹に当てての変則的な巴投げ、和男の相手は弧を描いて畳に落ちた。

「一本、それまで」

「佐藤先生カッコイイ」

巴投げでの一本勝ちに、場内から歓声が上がった。

和男の勝利で、二勝一敗一分となり、M道場が一勝をリードした。

続いて、杉本先生が引き分け。

M道場は二勝一敗二分で四回戦に進出した。

この時点で銅メダルが確定。

「やった、メダルがもらえる」

川村君が喜んだ。


四回戦。

M道場対S道場。

先方、次方が負け、中堅が引き分け、〇勝二敗一分で和男の出番が来た。

「始め」

「一本、それまで」

開始から十秒、背負い投げで一本。

「佐藤先生カッコイイ」

父兄と子供達が歓声を上げた。

一勝二敗一分となり杉本先生の登場。

開始から十秒、内股で一本。

「ナイス内股」

思わず和男が叫んだ。

二勝二敗一分となり、またもや代表戦。


「杉本先生、どうぞ、代表戦お願いします」

和男が杉本先生に言った。すると、

「いやいや、佐藤先生こそどうぞ」

「どうぞどうぞ」

「いやいや、どうぞどうぞ」

互いに頭を下げながら同じことを言い続け、周囲の父兄が、またもや笑いだす。

「あの二人、おっかしー、またやってる」

「それでは、本当に僭越ながら俺が代表戦に出させていただきますね」

和男が言うと、

「どうぞ、どうぞ」

杉本先生が答えた。

M道場の代表として、和男が畳に上がった。

「はじめ」

相手はこれまでの和男の試合を見て、背負いや巴投げに警戒していた。和男は背負いと見せかけて、左の袖釣り込み背負いで相手を投げた。

「有効」

和男が相手を投げた後、体勢を崩したところを押さえ込まれた。

「押さえ込み」

しかし、和男は寝技が得意だった。すぐに返して、相手を逆に押さえ込んだ。

どよめきが起こった。

「佐藤先生カッコイイ」

「佐藤先生すごい」


決勝進出が決まり、関係者は喜んだ。特に、応援に来ていた道場生のお父さん、お母さん方の喜びはひとしおだった。

「○○さんに電話で知らせなくちゃ」

そう言って外に駆け出した人、

「佐藤先生ステキ」

と賞賛してくれる人もいた。

普段、地道に新聞配達や集金をしている和男にとって、夢の中のような出来事だった。

《柔道をやっていてよかった》

「これで村井先生に長年の恩返しができた」

少年柔道会の井上先生が喜んで言った。

《俺は井上先生にも恩返しができた。ここまで来たら、あの優勝旗をもらって帰ろう》

いよいよ決勝戦。

M道場対I道場。

場内すべての人達が注目し、出場者は緊張した。

しかし、先方、次方、中堅が負け、チームの敗北が確定。

〇勝三敗で和男の出番が来た。

「始め」

決勝に残っただけあって相手は強い。

「だーっ」

強引な背負い投げで相手を転がし、袈裟固めで押さえ込んだ。

日々配達で鍛えている基礎体力があるからできた。

「一本、それまで」

大将の杉本先生は引き分けだった。

一勝三敗一分、M道場は決勝で敗退して準優勝。

「お宅は応援が凄かったね、それと、先生がたくさんいるんですねー」

主審をやっていた人が和男に話しかけた。


試合がすべて終了し、表彰式および閉会式が行われた。

M道場は準優勝のトロフィー、そして、選手みんなが首に銀メダルを掛けてもらった。

「祝勝会へ行こう」

井上先生が選手達に声をかけた。

「すいません、俺、これから実家に帰りますので失礼します」

翌日は年に数回の休刊日、朝刊の配達がない。和男は実家に帰ると母に約束をしていた。

「佐藤先生、今日も朝早くから新聞配達を終えてから試合に来られたのでしょ、本当にお疲れ様でした。佐藤先生は私達のヒーローです」

一緒に出場した選手の母親も声をかけてくれた。

「佐藤先生、ありがとうございました」

「ありがとうございます。そろそろ俺行きます」

「佐藤先生ありがとう、お疲れ様でした」

選手達が声を掛けた。

「こっちこそありがとう。また練習で会いましょう、お疲れ様でした」

和男は実家に帰るためにみんなと別れた。
《実家に帰るのに銀メダルはいい土産になったな》
和男は駅に着き、電車に乗った。
《ヒーローって言われたのは初めてだ。しかし、俺なんかより柔道が強いのはいくらでもいる。そんな奴がこの場にいたら、みんなヒーローってことだな》
銀メダルを取り出して見た。
《必要とされる場面で、力を発揮できるって幸せなことだな》
和男はさすがに疲れ、電車の中で泥のように眠った。

第二十一章　価値は自分次第

和男は新しい地区での新聞配達に慣れ、体力的にも楽になった。
《学生の本分は勉強。俺が配達しているのは学費のため。俺は勉強する》
大学は遊ぶために行くという考えもあり、その通り勉強をしない者がいる。
しかし、和男は勉強をし、その分、勉強をしない学生より工学の知識が身についた。

「流体工学」の時間。

教授は、黒板へ次々と記述をしていく。

ノートをとるのが精一杯で、学生は黒板の記述を書き取るマシンに徹するか、寝ていた。

《俺は速記マシンになるために学費を払っているわけじゃない》

「先生、分かりません」

和男は正直に、教授に質問した。

「それでは、詳しく説明します」

和男のために授業が例年より遅れ、授業の最後にある小テストが省略されることが多くなり、学生は喜んだ。

すると、これまで何の質問も出なかったところに、和男以外からも質問が出るようになった。

教授は喜び、丁寧に、分かりやすく教えてくれるようになった。

時に授業は脱線し、流体力学から見た野球の変化球の話になった。

時に和男は的外れな質問をして怒られたが、気にしなかった。

《俺は授業から得られるものがなければ、その授業をする先生を認めない》

「熱工学」の時間。

工学部長の青木教授。和男が入学早々「学費が高い」と唐突な意見をぶつけた教授だ。

和男は、青木教授が好きだった。

熱工学では、授業の最後に出題された問題を誰かが解き、黒板に書いて説明しなければ終わりにならなかった。誰も前に出ない時、「佐藤君はどうだね」と青木教授は和男を指名した。

和男はまったく分からない場合も前に出た。

分からないことは何でも聞いた。

先生はヒントを与え、問題が解けるように和男を誘導した。

《ありがとうございました》

和男は心の中で呟いた。

せた。

「機械工作法」の時間。

機械工作法は、時間の最後に誰かが一つ以上質問をする決まりがある。

和男が質問して講義を終わらせた。

その他「機械力学Ⅰ」「機械力学Ⅰ演習」等々、和男はよく質問をして、授業を中断させた。

学費を自分で払っている自負、大学のレジャー化への反発、寂しさ、配達のプレッシャー、みんなと違う孤独な環境、これら全ての要因が、和男の反発心に影響し、一番前の席に座らせ、質問させ、授業から多くを吸収しようとする学生にした。

そして、和男はそれを楽しんだ。

《授業は俺の金が形を変えたもの、俺のやり方で対価を得る》

実験が長引くと、和男は夕刊のために途中で実験を抜け出す。

実験の結論が見えたタイミングで、先生の許可を得て帰宅、駅まで走った。

「ごめん、後片付けよろしく」

「がんばれよ」

クラスメイトや先生は、事情を知っているため和男を励ました。

急いで帰る途中、仲睦まじげに歩いているカップルにぶつかった。

「すいません」

和男が謝った。

「おい、お前、ちゃんと謝れ」

ぶつかったカップルの男のほうが怒鳴った。

「貴様みたいに暇じゃないんだよ」

和男はそう言い、相手を睨みつけ急いだ。

《俺と他の学生と、時間の流れが違う。のんびり歩いている奴に文句を言われたくない。けど、俺も未熟だ。ぶつかったのは俺が悪いし》

電車に乗り、気持ちが落ち着いた和男は反省した。


和男は、新聞奨学生の他、一年の後期から日本育英会の奨学金を受けていた。

さらに、青木教授の推薦で大学の奨学金も得た。

《俺にとって奨学金はありがたい、いつか俺も援助する側になろう》

日本育英会の奨学金は、働くようになってから毎年八万円ずつ返済する。利子はない。また、和男の受けたものは特別枠で、ある一定額は返却しなくてもよかった。

その後、和男の後から利子がつくようになり、特別枠もなくなった。

大学からの奨学金は返済する必要がない。

選ばれるのに四段階のふるいに掛けられ、選ばれるのは簡単ではない。

和男はこの選考時、評判がよかったとのことを、あとで学生課から聞いた。

「佐藤和男君、奨学金の受給おめでとう。君を知っている先生方は全員が君の受給に賛成だったよ。それと工学部長先生も強く推薦してくれた。君が一番初めに決まりました、立派な社会人になってくださいね」
《青木教授、ありがとうございます》
　認められたこと、和男は嬉しく感じた。
《授業は取り組む姿勢で価値が上がる、そして、やる気のない学生が多ければ、やる気がある者が際立つ。俺みたいなのがいると先生も嬉しいみたいだ》

第二十二章　運

和男は集金が完全に終わらず、実家に帰れない日が続いた。

そんなある日、和男は父が死んだ夢を見、気になり実家に帰った。

「ただいま」

日曜日の午前中、和男は久しぶりに実家に戻った。

「おかえり」

母が出てきた。

「あのさぁ、お父さんは元気にしている？」

和男は夢のことが気になり、母に聞いた。

「それがね、交通事故に遭って、今入院しているの」

《あの夢は虫の知らせだった》

「え、どうした？」

「お父さんがバイクで駅に行く途中、軽トラックと正面衝突して軽トラックのフロントガラスに頭から突っ込んで、顔を切って腕を骨折したのよ」

「なんで知らせてくれなかった？」

「心配かけたくなかったから……」

「それで、どこに入院している」

和男の父は、一人で時計店を経営している。

時計や貴金属を扱っているが、収入の大部分は時計の修理による。

時代の流れとともに、安価な使い捨ての時計が出回り、家電量販店やホームセンターなどでも時計は購入できるようになり、父の店のような小売店から時計を購入する人は減った。

しかし、昔ながらの自動巻きやゼンマイ式の時計、振り子式の柱時計や鳩時計など、愛着がある時計が壊れ、それを修理したい人は少なからずいる。

そんな時計の修理が、父の主な収入源だ。

時代が変わっても、培った時計修理の技術は、細く長く生きる糧であった。

入院している間、店を休みにし、付き合いのある他の時計店が修理を肩代わりした。

以前、店が火事で全焼したことがある。その時のことを和男は覚えていた。

消防の水によって修理が完了した時計がダメになった。お客さんにはただ謝るしかなかった。

和男は父の入院先の病院に到着した。

父は腕にギブスをし、顔に怪我をしていたが、同室の人と元気に世間話をしていた。

「どう、調子は？」

和男が父に声をかけた。

「和男か、久しぶり。バイクに乗っていたらいきなり目の前に軽トラックが現れてなあ、このざまだよ」

和男の姿を見た父は、少し分が悪そうに話した。

「何か必要なものある？　あれば買ってくるよ」

「それじゃ、タバコを買ってきてくれ」

「タバコを吸ってもいいの？」

「タバコはあまり吸わないとストレスになるから、適度に吸っていいってさ」

「分かった、じゃ買ってくる」

《よかった、元気で》

「はい、タバコ、それじゃあそろそろ帰る。明日も配達があるからね」

「ありがとな」


和男の父は、ある宗教の信者だった。

しかし、和男はその宗教には関わらないようにしている。気が向かないからだ。

そのことに関して和男の父は何も言わず、強要もしない。

ただ、人に迷惑をかけないという思いを、家族は徹底して持っていた。
怪我で身動きがとれなくても、人に迷惑をかけたくないから大丈夫だと言う。
《父が入院したけど、俺は自分で学費を稼いでいる。学費は父の負担にはならないし、父には時計の修理を手伝ってくれる仲間がいるから、お客さんへは迷惑がかからない》
病院を出て、バスと電車を乗り継いで新聞店へと戻る。
《今、家族の中で一番頑張らなくてはいけないのは俺だ。体が丈夫で健康な俺が借金を残すわけにはいかない。そう思えるのは家族のおかげだ》
《俺は運がいい》

第二十三章　それぞれの一歩

和男の奨学生生活、二回目の夏休みのこと。

朝刊の時間、専業配達員の野沢が姿を見せなかった。

和男がアパートまで呼びにいくと、野沢がいないばかりか、部屋からは野沢の荷物がなくなっていた。

「野沢さんがいません、それに荷物がなくなっています」

和男が店長に伝えた。

「なんだって」


店長が野沢のアパートへ確認に行き、戻ってきた。

「野沢は集金の金を持って逃げた」

「えっ」

和男と同じ奨学生の本田は信じられないといった表情で顔を見合わせ、そして、それぞれが配達へと向かった。

野沢が受け持つ区域は、以前アルバイトをしていた酒屋の店主に、店長が声をかけてカバーした。

朝刊の配達を終え、本田と和男は店に戻った。

「野沢さんが集金のお金を持ち逃げするなんて、信じられないね」

和男が本田に言った。

野沢は、和男より少し遅れて店に来た、頭のハゲた六十歳くらいの専業配達員だ。

約三ヶ月間、本田や和男と食事や折込作業を共にして、打ち解けていた。

「集金の金を持って逃げたところで、たかが十数万円だろ。馬鹿だね」

本田が和男にあきれ顔で話した。

「なんか気分を変えたいね」

「映画でも見に行く？　今、『フラッシュダンス』をやっているよ」


映画の主人公は、バレエダンサーの名門校に入る夢を持つ。

若い女性でありながら、昼間は鉄工所で溶接作業などをして働く。

夜はショーダンサーをし、夜遅く家に帰えると一人、ダンスの練習に励む。

名門校へ願書を提出する時、主人公はジーパン姿、他の志願者と服装のギャップが大きく、その雰囲気に負けてしまい、受付で願書を出すことなく帰ってしまう。

鉄工所社長との恋愛、プロスケーターを目指す友達の挫折、心のよりどころだった老婆の死……、それらを乗り越え、主人公の心は強くなる。

心が強くなった主人公は、服装などを気にせず堂々と願書を提出する。

実技の審査。

アイリーン・キャラが歌う主題歌、「最初は何もなかった」という歌詞とともに、静かな始まり。

始まってすぐに、主人公は演技で失敗。

しかし、もう一回最初からやり直し、曲調は次第に勢いを増し、ブレイクダンスやジャズダンス、ヒップホップの要素を取り入れたオリジナルダンスを、堂々と踊り抜く。

演技の後半、アイリーン・キャラの歌声が大きく響き、主人公は審査委員の机に飛び乗って演技を継続、審査員を指差しながら踊り続ける。

審査員はバレエと異なる型破りのダンスに魅了され、思わず拍手をする。

その後、合格通知が届く……。

映画はヒットした。

主題歌を歌ったアイリーン・キャラ、主役を演じた新人女優、踊ったキャストも、アメリカン・ドリームを手にした。

ストレートにアメリカン・ドリームを表現したこの映画は、本田と和男の心に響いた。

「いい映画だった、感動した」

「俺も」

新宿からの帰り道、二人は電車の吊り革につかまりながら話した。

「俺の迷いに答えが出た」

本田が言った。

「答えって？」

「俺はピアノを買う」

「今の薄いキーボードじゃだめなの？」

「えっ、あれか、弾いた時のタッチの感触が全然違うんだ」

《そんなに違うものなのかな》

「俺も、夏休みの間だけでも、新しい何かをしたくなった」

和男が言った。

「それと、俺は学校の仲間とバンドを組む」

本田が言った。

和男が車窓から外を見ていると、ボクシングジムで一人サンドバッグを叩いている者がいた。

「俺、夏休みの間、ボクシングをやる」

和男が平野に宣言した。

「フラッシュダンス」は、二人の心に影響した。

夕刊の配達が終わり、和男は小田急線のY駅で降り、夜の新宿方面へ、輝く高層ビルを見ながらボクシングジムに向かって歩いた。

途中、金髪の女の子が遊ぶ、外国の大使館の前を通り過ぎた。

《外国人の女の子は可愛い、まるで人形だ》

和男はボクシングジムに到着した。

練習生は誰もいなかった。

「すいません、誰かいませんか」

和男が声をかけると、ボクシングジムの二階から、眼鏡を掛けた二十代後半と思われる男性が降りてきた。

和男より体がひとまわり小さい。

「会長の寺崎です」

《この人が会長？　ずいぶんと若いな。ボクシングジムの会長っていったら、年寄りかと思っていた》

数ヶ月前に前会長は亡くなり、息子の寺崎がジムを引き継いでいたのだ。

「佐藤といいます。大学生です。夏休みの間ボクシングをしたいのですが」

入会金一万円、月謝八千円を払い、和男は入門した。

以降、夏休みの間、和男は夕刊の配達を終えると、毎日ボクシングジムに通った。

縄跳び三分間三ラウンド、脇を閉じて顎を引き、かかとを軽く持ち上げるように足を交互に動かしながら跳び続ける。

和男にとって縄跳びは小学生以来のこと。動きがぎこちなく、何度も縄に引っ掛かった。

縄跳びの次は、ファイティングポーズで左足前、右足後ろで立ち、四角いリングの中をロープに沿って右足で蹴り前に進むステップで、ひたすら前に進み続けるのを三分間三ラウンド続けた。

次は、ステップで前に出ながら、左ストレートを出す練習。

単調な動作を地道に続けた。

夏休みが終わる頃、左ストレート、右ストレート、左フックのコンビネーションまでを習い、スムーズに動けるようになった。

この夏はフェーン現象で例年よりも暑かった。

同じ動作ばかりを、和男は毎日続けた。

練習はほとんど一人。たまに小柄な練習生、野田と一緒になった。

野田は近々プロテストを受けるとのこと。野田とスパーリングができると和男は思っていたが、階級（体重）が離れているという理由でスパーリングはできなかった。

エアコンのない、熱気のこもったプレハブのジム。和男は最初の縄跳び三分三ラウンドで汗だくになり、その後、いつも通りの同じ動きを延々と続けた。

和男は柔道で引っぱる筋肉を長い間鍛えてきたが、ボクシングでは反対に拳を前に放り出す筋肉を酷使した。

ジムにはシャワーがあり、和男は練習後には汗を流して心身ともにサッパリして帰った。銭湯代が節約できるメリットがあった。


本田は三十万円でグランドピアノを購入した。

本田の部屋は新聞店の二階、六畳の畳部屋と八畳のフローリング、トイレ、洗面所付きで、奨学生としては恵まれた住空間だった。そして八畳のフローリングにピアノを置いた。

本田は、ショパンのエチュード（別れの曲）の練習を続け、上達した。そして同じ音楽専門学校の先生を含む仲間でバンドを組み、演奏の練習を開始した。

しばらくして、本田はバンドの演奏テープを、和男に聞かせた。

録音された曲は、ケイト・ブッシュという女性シンガーの曲。

歌っているのは男性（先生）。オペラ調で歌い、上手下手以前に曲そのものが不思議で、和男はおかしくなり笑いだした。

「なんか凄い曲だね、笑っちゃったよ、ごめん」

和男が笑いながら本田に謝った。

「やっぱりおかしいよなぁ。もっと面白いことを教えてやろうか？」

本田は和男が笑い終えたのを見て言った。

「え、何が面白いの？」

和男は聞いた。

「先生の選曲でボーカルを先生がやっているけど、マントを着て変な振り付けで踊りながら歌っているんだぜ、見せてやりたいよ」

「見たい、見たい。今度録画して来てよ」

同じ映画を見た後、本田と和男はそれぞれまったく異なる分野で、第一歩を踏み出したのだ。

第二十四章　筋肉痛を楽しむ

夏休みが終わり、午後の講義がない土曜日。

すがすがしい秋の空気の中、和男は学内を散歩した。

新しくできた武道館に入ると、柔道部が練習をしていた。

《土曜日の夕刊までなら、練習に参加できるぞ》

「すいません、大学の工学部の者です。練習に参加させてもらえますか？」

練習中の全員に向かって和男は聞いた。

全員の目が和男に向けられた。

「いいよ、柔道着は貸してあげるよ」

柔道部顧問の島田先生が許可をしてくれた。

練習をしていたのは島田先生を含めて六名、人数は少ない。

部員を増やしたいところで、練習に参加したい学生は大歓迎だった。


打込み、投げ込み、そして乱取りがはじまった。

柔道の乱取りは、互いに自由に技を掛け合うもので、ボクシングではスパーリング、空手では組手と同じもの、互いにルールを守り、相手を倒す技を競う。
乱取り一人目。
相手の技は掛からない。和男は大内刈りで相手を倒し、背負いが決まった。
《俺の勝ちだ》
乱取り二人目。
またもや相手の技は掛からない。和男は相手の技を返し、巴投げが決まった。
《また俺の勝ちだ》
相手は柔道部の部長だった。
乱取り三人目。しかし今度は違った。
《技がまったく掛からない、まるで大木を相手に技を掛けているようだ》
和男は何本も投げられた。
《俺の完敗だ》
乱取り四人目。顧問の島田が相手をした。
またもや和男は何度も投げられ、乱取りの終了を告げるブザーが鳴っても、島田は和男を離さなかった。

「今から、時間無制限だ」

島田が言った。

乱取りは立ち技のみのはずであるのだが、島田は寝技に移行し、和男を送り襟締めで締めた。和男が参ったの合図をしてもしばらく離さない。

「入部しないか？」

激しい乱取りの後、島田は和男に聞いた。

「自分は新聞配達をして大学に通っています。朝夕刊の配達があるので、今は入部できません、すいません」

和男は返事をした。

「そうか。でも今日みたいにいつでも来てくれ。大歓迎だ」

島田は和男の肩を叩きながら言った。

「ありがとうございます」


文化祭の日にI大学柔道部との練習試合が開催され、和男も参加した。

和男の対戦結果は二勝一敗一分、二勝は投げ技で一本勝ち。

負けは有効をとられての判定負け。

この練習試合で和男は貢献し、T大学が今まで勝てなかったI大学に勝利した。

試合後には合同練習。

翌日の朝刊、和男は体中がひどい筋肉痛だった。

《柔道をしたあとの筋肉痛は、柔道で使う筋肉が強くなるってこと。大歓迎だ》

和男は新聞を手に走った。

《筋肉痛を楽しんでやる》

第二十五章　親切

秋が過ぎて冬。雪が降り、夕刊配達の時間までどんどん積もり、午後三時に来るはずの夕刊が、四時になっても五時になっても届かない。

「今日は夕刊休みだね」

本田が和男に嬉しそうに話した。

「明日の朝刊と今日の夕刊を一緒に配達すればいいんじゃないかな」

二人が話していると、五時半過ぎに夕刊が届いた、いつもなら配達が終わっている時間だ。

「よし、始めるぞ」

店長が皆に言った。

外はもう暗闇、そして大雪。

《これから配達するなんて、まるで悪い冗談のようだ》

「よし、行きますかぁ」

和男が自分に気合を入れるために声を上げた。

「行こ、行こ」

本田も声を上げた。

《どうせなら楽しくやってやろう》

Ｍ新聞は他社の新聞に比べると購読者数が少なく、同じ二百部を配るのにも密度が薄いため、より広範な地域をバイクで走る。今回の大雪では、配達時間に大きな差ができた。

雪道での配達、何度も転びそうになって時間がかかり、終わったのは夜の九時を過ぎた。

六時間後の朝三時には朝刊の配達がはじまる。

夕刊の配達で疲れ果てて眠ると、すぐに朝が来た。

翌日、道はカチンカチンのアイスバーン。その上に更に降り続ける雪のなか、いつもの何倍もの苦労をして配達を続けた。

《雪でも学校に遅刻したくない、俺は無遅刻、無欠席で通す》

アイスバーンのなか、ハンドルを握る手には、転倒しないよう緊張して力が入る。

その上、和男は学校に遅刻しないようにスピードを出して配達を続ける。

何度も転んでは起き上がり、配達を続けた。

配達も終わりに近づき、バイクのスピードを上げた。

その時、和男はバイクごと大きく転倒し、新聞が宙を舞った。

「痛っ」

思わず声が出た。

《俺はいったいなんでこんなことをしているんだろう》

和男が散乱した新聞を拾い集めていると、新聞を拾うのを手伝ってくれる人がいた。

「大丈夫ですか？　大変ですね」

冬にもかかわらず、短い黄色のスカートをはいた若い女性が和男に声をかけた。

「転んだところを見ていたけど、凄かったですよ」

女性は愛嬌のある笑顔を和男に向けて言った。

「どうもありがとうございました」

和男は心の底から礼を言った。

女性は頷くと笑顔で去っていった。

《太い足だな。ミニスカートで寒くないいんだろうか？》

和男は女性の後ろ姿を見て思った。

《美人ではないけど愛嬌のある女性だったな、おかげで元気が出てきた》

女性の親切に和男は元気が出た。

《冬のアイスバーンのなか、配達は辛いけど、あの女性の笑顔を見て幸せな気分だ》
和男は配達を終え、すぐに学校へ向かった。
走れるところは走り、駅から校舎まで走った。
《体がだるい、すごく校舎が遠く感じる》

和男は走り続け、遅刻を免れた。
《やった、無遅刻無欠席継続だ、間に合った》
席に着くと間もなく授業が始まった。
《冬は辛い。雪は白い悪魔だね。新聞を拾ってくれた人、今頃どうしているかな。俺もあの人みたいに親切になろう》
暖かい教室で和男は思った。

第二十六章　少しだけ違う免許取得

冬休みが近づき、和男は冬休みを利用して車の免許を取ることにした。

新聞奨学生をしながら学校に通う和男は、時間に制約があり、お金をかけたくなかった。

和男の生活拠点である新聞店の近くに、公認自動車教習所があったが、婦人向けと宣伝していた。

《俺は婦人ではないから、ここは俺に向いていない》

和男は非公認の教習所で練習をし、試験場で試験を受けることにした。

学科、実技ともに東京の府中試験場で試験を受け、車の免許を取得することにした。

《リスクはあるけど、上手くいけば早く安く取得できるはず》

非公認の教習所は、地理的に少し遠かった。

行き帰りは、教習所の教官が小田急線の駅まで送迎をしてくれた。

和男は夕刊の配達が終わると教習所へ行き、夜の九時頃まで練習をし、眠るのは十一時過ぎ、睡眠時間が四時間以下の日が続いた。

《暇も金もないけど体力はある。頭も悪くない。時間とお金もかけずに免許を取得する》

教習所の行き帰り、送迎車で毎回顔を合わす社会人女性と車中で隣に座り、時間を共有して自然と仲よくなった。

　わりと楽しい時間だった。


　冬休みになり数日が過ぎ、年末なると非公認の教習所は休みとなった。

　やがて正月が過ぎると、和男は府中試験場で仮免許の試験を受けた。

《一通り運転はできるようになった、あとは実践のみ》

　和男は学科試験を一度で合格し、実技試験へ進んだ。

　学科試験を受けた受験者は公認の教習所を通じての受験者が大多数で、実技試験は免除。実技試験の受験者は十数名のみ。

《人が急激に減った、ほとんどの人がこれで仮免の試験は終わりなんだ。俺にとって学科試験は受かって当たり前、実技試験が本番だ》

　実技試験受験者が集合した。緊張してガタガタと震えているおじさんがいた。

《あのおじさんの緊張はすごいね、ガタガタと震えて靴の踵が鳴ってるよ》

　和男の順番が来た。

　助手席に乗る試験管は制服を着た警察官、車には警視庁と書いてある。

　和男が運転席に乗るとすぐ、助手席の警察官が画板に止めた書類にペンを走らせてチェックをしている。

《これは緊張する、さっきのガタガタ震えていたおじさんの気持ちが分かる気がする》

そして試験の始まり。

《なんだこれ、周囲の景色がよく見えすぎる。いつもと全然違う》

和男は夜練習していたため、暗い中での運転が身についていた。昼間の運転は、警察官が隣に座っているこの試験が初めてだ。

警察官は行く先の指示以外は何も喋らず、画板の紙にペンでチェックをしている。その警察官のことも和男にはよく見える。

和男の試験開始から二、三分後、クランクで縁石の隅をタイヤの側面がこすった。

非公認教習所と試験場では、クランクの寸法が少し違っていた。

「はい、そこ曲がって」

「はい、そこまっすぐ」

「はい、止まって」

出発地点に戻った。

和男はコースを少し走っただけで、実技試験は落ちた。

二回目の受験、和男はまた落ちた。
失敗はなかったのに、数分間走って出発点へ戻された。
《どこが悪くて落とされたのかまったく分からない。納得できない》
和男は本田の部屋で、飲みながら免許取得の不満を話した。

「俺は中型バイクの免許で五回かかったよ」

　本田は笑いながら言った。

「最初はウインカーとライトのスイッチを間違えて、お前、ライトをつけたり消したりして走っていたぞって教官に笑われたよ」

「なんだかこのままじゃあ受かる気がしないよ」

　失敗の理由が分からないと和男は続けた。

「昼間に練習をしないとだめだ、夜に練習して昼間試験を受けると、見えすぎてまったく違った感覚になる」

「日曜日に俺がレンタカーを借りて、和男が運転して練習するのはどうだ」

　本田が水割りを飲みながら言った。

「それは魅力的なアイデアだね、お願いしていいかな」

　日曜日、免許を持っている本田がレンタカーを借り、助手席に和男を乗せて横浜方面へとドライブを開始。

　途中、郊外のホームセンターの駐車場で運転を交代、和男は運転の練習を開始した。

　非公認の教習所は一時間二千五百円、レンタカーは一日借りて六千円。

　三時間以上練習すれば元がとれる。

　しばらくの間、和男は、ホームセンターの駐車場内で運転を練習した。

「公道じゃないから、無免許運転じゃないね」

和男は練習を続けた。

隣に乗っている本田は飽きてきた。

「人に迷惑さえかけなければ公道にでてもいいんじゃない。捕まらなければさ」

駐車場で練習を続ける和男に平野が言った。

「そうだね、よし実践練習だ」

和男は駐車場から公道へ出た。

坂道で信号が赤になり停車、その時、後ろにパトカーが来た。

和男は坂道発進で、やや手こずった後に走り出した。

「びっくりした、冷や汗をかいたよ」

運転している和男が助手席の本田に言った。

「俺もびっくりしたよ、ははは」

和男と目があった本田が笑いながら言った。

「はーはっはっはっ」

思わず和男も笑い返した。

狭い路地で対向車とすれ違う際、道にはみ出すように生えていた木の切り株に左のバンパーを擦った。

「まずいね、あの切り株にバンパーを擦ったよ、止まって確認しよう」

和男が本田に言った。

「平気平気、かすっただけだよ。道路にはみ出している木のほうが悪い、行こ行こ」

やがて横浜、港の埠頭についた。

「ここいいね、公道ではない上に広いし、いろいろ練習ができる」

和男は車両感覚に慣れるよう、クランクやエス字カーブ、縦列駐車、車庫入れなどの練習を続けた。

和男達の他、人気のない防波堤に一台の車が停車していた。

その横を通り過ぎると、車の中で若い女性が下着姿で男性の上に乗っていた。

「あの女の人、脱いでなかった？」

和男が本田の顔を見て言った。

「車の中でエッチしていたんだよ、車が揺れていたし」

本田が言い、車の横を通り過ぎた。

狭い路地を通り、練習をしながらの帰り道、途中、和男は本田に運転を代わった。

「昔、運転しながら弁当を食べてたら、対向車の女の子が笑いだしたことがあったよ」

本田は運転の仕事をしていた頃の経験を和男に話し、片手で運転をし始めた。

「ちょっと、危ない」

本田の急ハンドルに和男が驚くと、本田は面白がって運転を続けた。

「あっ」

本田がブロック塀にバンパーを擦った。

「ブロック塀はなんともないし、いいでしょ」

本田が言い、二人は顔を見合わせて笑った。

和男と本田は、それぞれが一回ずつバンパーを擦った。


レンタカー店に到着。車を返却した際、店員はバンパーを見逃さなかった。

「少しバンパーにキズがありますね、どこかにぶつけましたか?」

店員が聞いた。

「どこにもぶつけていませんよ」

本田がとぼけた。

《さすが関西人》

少し感心したが、和男は良心が痛んだ。

「俺がぶつけました、いくらかかりますか?」

和男が聞くと、

「五千円かかります」

和男は五千円を余分に払い、事は済んだ。

「あんなの払う必要なかったよ」

本田は言った。

「ガソリン代を含めても、今日の練習は安いものだった。すごく練習になったし」

和男が答えた。

「俺も久しぶりに運転して楽しかったよ」

「運転の練習以外に普段味わえない経験ができた。今日のことはいろいろな意味で一生忘れないと思う、練習に付き合ってくれてありがとう」

　しかし三回目の仮免許実技試験、和男はこれも落ちた。

コースを完走したものの、最後の最後に障害物との離隔距離が十分ではなかったと指摘された。

《同じ試験で三回落ちたのは生まれて初めてだ》

　和男と同じ非公認の教習所に通う女性から、仮免許の合格に二十三回かかったという話を聞いて和男は絶句した。

《大人しく公認の教習所に行けばよかっただろうか？　いや、これでいい。今回は完走できた。コースを完走せずに戻るのが大半だ。今回、俺は完走した》

「何で何回も俺のことを落とすんだよ、えっ」

　受験者のなかに、試験管に喰ってかかるおじさんがいた。

《見苦しいな、あんなことしたら余計に受からなくなる》

　四回目の仮免許実技試験。

和男はコースを間違ったためにさんざん怒られた。

「いいか、交通事故を起こすと相手の人の人生、その人の家族や親戚、そして自分の人生も台無しにするんだぞ。コースを間違えるような注意散漫な人間は、車を凶器にしかねない、よく注意するように」

教官は厳しく和男を注意した。

「はい、注意します、ありがとうございました」

和男は一礼してその場を離れた。

《またダメか、下手すると二十回かかるかもな》

しかし、電光掲示板の数字が光り、結果は合格。

合格者は和男を含めて六名。

和男は嬉しくてたまらなかった。

《あのおまわりさん、注意してくれたのは合格をくれたからだ。ありがとう。それと、本田君と車を借りて練習してよかった、二人して車をぶつけたけど、あれが実を結んだ。けど、無免許運転は法律違反だな》

一週間後、本免の試験。

和男は学科試験を一回で合格、実技試験は、綺麗なお姉さんと同乗して試験。

和男から試験開始。

走りだしてしばらくして隣の試験官（制服を着た警官）に、和男は質問をした。

「普通に走っている車は制限速度を超えて走っていますけど、これっていいんでしょうか？」

和男は素朴に疑問に思ったことを質問した。

「一般車は速くてもいいんだ」

試験官が答えた。

「あの、すいません、制限速度を守っていると車線変更ができないんですけど」

和男が聞くと、

「少しなら超えてもいいよ。逮捕しないから」

試験官が答えた。

「逮捕よりも、落とされないでしょうか？」

和男が続けて聞くと、

「現時点では分からない」

冗談とも本気ともとれる答えが返ってきた。

次は同乗の綺麗なお姉さんの番。お姉さんは緊張で鼻息が荒くなっていた。

綺麗なお姉さんと和男は二人とも合格し、握手をした。

その後、和男は同乗してくれた試験官のところへ行った。

「俺、無免許で一日だけ公道で練習しました。すいませんでした」

和男は試験官に頭を下げて言った。

「何だ君、自首するのか？　無免許運転はな、現行犯でしか逮捕ができないんだ。聞かなかったことにしておく」

《言ってよかった、気持ちが楽になった》

同じ非公認の教習所で練習をしていた女性も、仮免に合格した。

「嬉しくてトイレで泣いちゃった」

この人は仮免を落ち続けていた時、和男に不満ばかり言っていた。教習所の教官を一人一人厳しく批判し、また、公認の教習所は甘すぎるとか、もう何回も仕事を休んでしまったとか。

「私達、普通の人と違う方法での免許取得じゃない、本当に嬉しいね」

女性はとても嬉しそうに和男に話した。

「そうですね、それに落ち続けると凄く真剣に考えますよね、どこが悪いのかって。もうこんな時間だ、俺、帰りますね」

《本免が一回で受かるとは予定外だ。急いで帰ろう。夕刊の配達を急がないと》

第二十七章　雪の中での修行

冬休みが終わり、雪が激しく降る日が続いた。

M新聞は他の新聞よりも購読者が少ないのに反比例して、一人当たりの配達区域が広い。和男の所属する店は、一回の配達で約二十キロメートルの走行距離があった。

このような雪の日は、M新聞の配達員は他の新聞よりも苦労をした。

雪は続き、解ける暇がなく、アイスバーンとなり、転倒する危険を承知の上でバイクを走らせ、配達を続けた。

和男にとって悪いことに、大雪とテスト、そして集金が重なった。

一時限目から試験がある朝、普通ならば午前三時半に到着している新聞の配送が、なかなか来ない。

《まずいな、このままでは試験が受けられなくなる》

和男は今か今かと新聞の配送を待つ。時間が過ぎていく間、空を見上げたり、雪の塊を蹴飛ばしたりしながら考えた。

《遅い。俺に試験を受けるなってこと？》

新聞を運んでくるトラックが川崎インターの坂道でチェーンが切れて坂を上れなくなり、別のチェーンを巻いた車で運ぶという連絡があってから、一時間以上過ぎた朝五時過ぎに、ようやく配送が到着した。

新聞を運んできたトラックはチェーンを巻いておらず、ゆっくり走ってきた。

配送の運転手がのんびりして見えたため、和男は思わず怒鳴った。

「テメエ、一言ぐらい謝れよ」

《チェーンなんか巻いてないじゃん。さっき聞いたのは嘘じゃん》

配送の運転手が謝った。

「どうもすいませんでした」

《わざと遅れたわけではないこと、謝ってもらったところで仕方のないこと、そんなのは分かっている》

「佐藤君、そんなに怒るなよ」

店長が声をかけた。

「俺、今日一限からテストです。このままじゃ間に合いません」

すぐに和男は配達に出た。

車の通らない裏路地には深く雪が積もり、バイクでは走れない。和男は通りにバイクを止め、深い雪を踏み抜いて走り配達をした。

《八甲田山の映画のシーン、南極大陸を横断した人達の話、そんなのに比べたら、たかが

知れている。限られた時間内だけ頑張れば済む話だ》
和男は自分に言い聞かせて走り続けた。
雪と氷のなか、時間に追われて配達する辛さを心と全身で感じた。

和男が配達を終了したのは八時過ぎ。朝食をとらないで学校へ向かった。
服を着がえる際、かじかんだ指は思い通りに動かない。
《くそ、ボタンが止められない》
服のボタンをしないで部屋を出る。
《足がフラつき、目まいがする》
和男は電車に乗ると、ウトウトしだした。
《眼がチカチカする、少し眠ろう》
眼を閉じると他の学生の話し声が聞こえた。
「オレよー、昨日、『汚れた英雄』見ちまってさぁ、まったく勉強してねえよー」
《こいつらのんきだな、なんか腹立たしい》
平和な会話、笑い声。同じ学校に通う同じ学生でも、和男とまったく違う世界を生きている。
和男は深夜〇時過ぎまで試験勉強をし、白い雪の中をボロボロになって配達した。
和男の目は疲れ、痛みを感じていた。

目を閉じると、白く凍った道路が瞼に浮かんできた。

試験中、和男は疲労と教室の温かさで眼を閉じた、答案用紙が半分埋まらなかった。

アイスバーンになった道を転ばぬようにバランスをとって走り、腰や背中、肩などが筋肉痛になっていた。

《俺は柔道で鍛えたから転んでも怪我をしないし、雪の中の配達にも耐えられた》

半分ほど答案が埋まらなかったこの科目は、授業中の小テストの結果がよかったことで単位を落とさずに済んだ。

《学費は高い、俺は単位を落とさない》

和男は執念を持って単位を取得した。

《打撲の痛みと筋肉痛に負けず、きちんとテストを受けた。精神的にも強くなった。俺は雪の中での修行をやり遂げた》

第二十八章　喧嘩

春休み、和男は高校のクラス会に参加した。

友人の車を運転し、伊豆に泊まり込みでみんなと話し、表面上楽しく過ごした。

参加者全員が普通の学生。和男は常日ごろ大学で感じているのと同じギャップを感じ、寂しい気持ちでクラス会から戻った。

《俺はみんなと同じように遊べないし、守れない約束もできない。歌の歌詞にもあったっけ。青春時代の真ん中は胸にトゲさすことばかり……。これに近い心境だ》

和男は、夕刊が終わるとボクシングジムに通った。

固定されたサンドバッグをひたすら叩いた。

叩きながら何故か涙がこぼれ、汗と混ざって流れ落ちた。

ジムで毎日サンドバッグを叩く、叩くたびジム全体がそれに合わせて振動した。

練習生は和男一人だけ。コーチはつきっきりで指導した。

他にも練習生はいたが、それぞれ練習に来る時間帯が異なり、和男は一人で練習する日が多い。

やがて、サンドバッグを叩きすぎたのが原因で左の拳を痛めた。

しかし、拳の痛みより、満たされない心のほうが辛かった。
春休みが終わりに近づいた頃、和男の拳は痛みを増し、紫色に変色した。

春休みに郵送された成績表を見た。
《単位を落とさず三年に進級した。俺は卒業まで貪欲に単位を取得する》
和男は、配達と学校の両方共に一日も休んでいない。
《俺のことを偉いとか凄いとか言ってくれる人がいるけど、それが一体何になる？》
和男は紫色になって腫れ上がった拳を見た。
《新聞配達をしながら学校に通うのが立派と褒められても、いくらいい成績をとっても、辛い思いに耐え続けるのは俺だ》
「くそっ」
和男は思わず壁を拳で叩いた。
激痛が走った。
《この痛みは俺のもの。褒めてくれる人が肩代わりをしてくれるはずもない》
慢性的な睡眠不足を背景に、和男の心は荒れていた。
雪が道の片隅に残っているなか、和男が夕刊の配達をしている時のことだった。いつもと違い、バイクの加速が悪い。

バイクのマフラーにカーボンが溜まったことで、バイクの加速が悪かったのだ。路地裏のカーブや交差点でスピードを落とさぬよう、カーブをふくらみぎみに曲がった時だった。

「あぶねえ!」

和男は突然怒鳴られた。

二人組の高校生にバイクがぶつかりそうになったのだ。

「すいません」

和男は謝った。しかし、

「バカヤロー、すいませんですんだら警察はいらないんだよ!」

高校生が和男に向かって怒鳴った。

《こいつ、俺のことを見下している》

和男は怒りを感じ、

「やる気か?」

静かに言った。

「おお、やってやるよ」

高校生が言い返した。

和男はバイクを道端に止めると相手を睨みつけた。

和男の迫力に圧倒され、高校生は後ずさりした。

「なめんな！」

高校生の一人が和男につかみかかってきた。

その瞬間、和男は高校生を払い腰で投げ飛ばし、肘の関節を逆に曲げた。柔道の腕ひしぎ逆十字固めだ。

もう一人が来ても対応できるよう、注意を払いながら和男は腕に力を入れた。

もう一人の高校生はオロオロしているだけ。高校生の肘関節が反対方向に大きく曲がり、メリメリと音がした時、

「謝る謝る謝る」

悲鳴に似た声で高校生は叫んだ。

和男は腕を離し立ち上がった。

その途端、

「うおおーっ」

高校生は、再び和男につかみかかってきた。

和男は大内刈りで高校生を後ろに倒した。

その時、高校生の頭がバイクにぶつかりそうになったのを、和男は方向を変えて、高校生の頭がバイクに当たらないようにコントロールをして倒した。

《もう少しでバイクに当たるとこだった、ヒヤッとした》

「俺が悪かった、ごめんなさい」

高校生は謝って走り去った。

《柔道を何年もやっているから素人を投げるなんて簡単なこと。そしてやってはいけないことだ》

高校生との一件から何日も経たない、雪の残る朝刊の配達中、和男は考えごとをしながら配達をしていた。

《今日で本田君はいなくってしまう》

本田は、故郷で両親のやっているうどん屋を手伝うことに決めたのだ。

《いつか再会したいね、また一緒に飲みたいね》

路地の路肩には雪が残っているため、和男は道の中央近くを走っていた。

その時、曲がり角で白いワゴン車と和男のバイクがぶつかりそうになった。

和男はワゴン車を避けて左にバイクを止め、ワゴン車の運転席に視線を向けた。

すると、ずんぐりと太った作業員風の中年男がワゴン車から出てきた。

和男は配達のため、バイクのサイドスタンドを止め、バイクから離れた。

その時、和男はいきなり襟首をつかまれ、ジャケットのファスナーが壊れた。

「このやろう！」

ずんぐりと太った中年男は、息がかかる距離まで顔を近づけて和男に怒鳴った。

和男は着ていたジャケットのファスナーが壊れたことで腹が立った。

《こいつ、ジャケットをダメにしやがった》

和男は、相手の首に腕を回して抱え込み、払い巻き込みで投げた。

続けて関節を極めようとしたところ、もう一人の男が車から出てきて和男を制止した。

「おい、やめろやめろ」

もう一人は和男に危害を加える風ではなく、純粋に制止した。

和男は中年男から手を離した。

すると中年男は和男に殴りかかった。

和男は、ボクシングジムで習った左ストレート、右ストレート、左フック、右アッパーを連打した。ボクシングジムで体が覚えこんでいる動きだ。

防御は習っていなかったが、相手の大振りのパンチは当たらなかった。

和男の左拳は再び紫色になった。

「わかった、俺が悪かった」

中年男は鼻血をぬぐい、和男に謝った。

この日、和男が学校に行っている間に、本田は故郷の和歌山県へ帰った。
《本田君がいたら、今日の出来事を話しただろうな》
夕刊の配達時、朝刊の時に喧嘩になった場所を通った際にジャケットのファスナーの金具を見つけた。

《また喧嘩をした》

和男はファスナーの金具を拾った。

《喧嘩で負けなくてよかった。それと、相手は鼻血を出したくらいですんだ。よかった》

配達を終え、拾ってきたファスナーの金具をジャケットに取り付けた。

《よし、修理完了、左の拳が痛いけど、俺は俺のことを好きでいられる》

第二十九章　デート

和男の三年への進級が決まった春先、本田が辞める二週間前に杉田が配属された。

杉田も本田と同じM音楽専門学校に通う奨学生として配属され、本田が配達していた区域を杉田が引き継ぐために、二人は二週間の重複期間があった。

二週間の引継ぎ期間中、杉田は自分で起きてくることが一度もなく、毎朝、本田がアパートまで起こしに行った。

《本当にだらしない男だ》

本田も和男も、杉田に呆れた。


これまで配達途中に顔見知りとなった他の新聞店の奨学生達も入れ替わった。

映画の専門学校に通っていた太めの女の子も卒業し、他の女の子と入れ替わった。

《同じ店では途中で辞めた奨学生しか見てこなかったけど、他の店では卒業する奨学生もいる。あの女の子、よく頑張ったな》

太めの女の子が卒業するに当たり、別の女の子が区域を引き継ぎ、和男と毎日顔を会わせるようになった。

雨降りの日が続いた時期のこと。

「A新聞の店で、六人の奨学生が一斉に辞めたってさ」

朝刊の配達前、新聞に広告をはさみながら店長が皆に話した。

「最近、毎日雨だったから、辛かったんですかね」

和男が言った。

「中には、布団を置いたまま逃げたのもいるってさ」

《女の子のいる店の話か？　彼女も辛く感じているかもね？》

和男は、配達中に会う女の子のことを思った。


「おはよう」

和男が、奨学生の女の子へ声をかけた。

「……」

挨拶に対して返事はなかったが、頷いて笑ってくれた。

そんなやりとりが続いた。


その女の子がバイクを倒し、地面に散らばった新聞を拾っているのを和男が手伝った。

「ありがとう」

女の子が和男に礼を言った。

その発音から、女の子が地方から来たことに和男は気付いた。

《恥ずかしそうで、純情そうだ》

和男は思った。

《走っている姿は頼りない。笑顔はくずれてしまいそうに見える》

大型の一棟建てのKマンションで毎朝会い、少しずつ言葉を交わすようになった。

彼女はA新聞社の奨学生。和男はM新聞社。

A新聞は部数が多く、Kマンションだけで配達部数が百部あった。彼女はマンションのエレベータを占有し、各階に仕分けをした新聞を置いていく。このタイミングで和男が来ると、自分の配達を早く終わらせるためにも彼女の手伝いをした。

「ありがとう」

毎回変わらない笑顔で、彼女は和男に礼を言った。

《可愛い笑顔だな》

和男は十部程度を配り終えて次に移動する。

《配達の時に言葉を交わすだけでなく、いろいろ話してみたい。デートに誘おう》

「おはよう、彫刻の森美術館って知っていますか?」

和男は普段と変わらずKマンションで彼女と会い、挨拶に加えて質問した。

「テレビでは見たことあるわ」

彼女が答えた。

「一緒に行かない？　いつなら都合いい？」

「ゴールデンウィークの最終日なら……」

「ゴールデンウィークの最終日、朝九時、Ｉ駅の改札口で待合せ決まりね。それじゃ」

《来るかどうか分からないけど、俺は誘った。来なかったとしても構わない、一方的に決めたことだから》

五月のゴールデンウィーク最終日、朝九時。

和男は、販売促進用の彫刻の森美術館の入場券二枚を持ち、Ｉ駅で待った。

彼女の最寄駅からＩ駅まで、各駅停車で一駅だ。

彼女は白いスカートに明るい緑色の長袖姿で、待ち合わせ場所のＩ駅へ五分遅れで来た。

「おはよう、それじゃ行こう」

「うん」

初めてのデート。

小田急線で箱根湯本へ、箱根湯本から箱根登山鉄道に乗り、スイッチバックをしながら登山鉄道は山の斜面を進み、彫刻の森美術館へと向かう。

「来てくれてありがとう。佐藤です。Ｔ大学工学部の三年生。名前は？」

「野村美奈子、Ｎ大の商学部一年生です」

美奈子が答えた。

「野村さんは、俺より二つ年下だね」

「ううん、一浪しているから一歳だけ」

和男は二十歳、美奈子は十九歳。世間話をしているうちに、彫刻の森美術館に到着。

澄み切った青空の下、二人は彫刻の森美術館に入り、展示物を見て歩いた。

「この彫刻ってこんなに小さかったんだ。もっと大きいと思ってたわ」

「確かに」

「このピカソの絵、何って言ったらいいんだろう。言葉に困るわ」

「確かに」

「この絵見て。体がこんなにゆがんでいるわ、不思議な絵ね」

「確かに」

美奈子は作品を見ていろいろと感想を話すが、和男は「確かに」としか答えない。そんな具合に美術館を一回りし、二人は帰りの登山鉄道に乗った。


「面白かったわ」

美奈子が言った。

「ところで、野村さんはどこから来たの？」

「徳島県よ」

「へー、遠いね。徳島は四国だよね」

「そう、遠いの。だから母は新聞奨学生をやるのに大反対だったわ」

「そりゃそうだろう。徳島から十九歳で女の子が東京に来て、新聞配達をしながら学校に通うなんて、心配しないはずないじゃん」

「そうね」

「俺は実家が近いから母親に会いに行って、心配を和らげている。けど、野村さんは飛行機に乗らなければ帰れないね。」

少し沈黙があったあとに、和男が続けた。

「食事はどうしているの？　俺は朝夕は店で食べて、昼は学食。店の御飯はおいしいよ」

「私は、朝夕は自炊、昼は学食。今日の朝御飯は百円もかかってないわ」

和男は三年終了時に、新聞奨学生を辞める計画でいる。

三年終了時に借金の返済が完了し、四年次学費分の貯金もできる見通しだったのだ。

そして、四年生の残り一年間は、卒業研究と就職活動に没頭するつもりだ。

《あと一年、野村さんと会える、野村さんも一年間耐えたら、残りを耐えるだろう》

デートの別れ際、和男は美奈子を抱きしめた。


その後、配達時に和男は美奈子に会わない日が続いた。

美奈子は和男を避けるために、配達の順路を変えていたのだ。

和男も順路を変え、美奈子に会った。

「おはよう、久しぶりだね」

「……」

美奈子は下を向いたまま何も言わない。

「元気そうだね、学校はどう?」

「……」

「俺のことを避けているよね。俺のこと嫌いかい?」

「店で言われたの、新聞配達員にはろくなのがいないから、会わないほうがいいって」

美奈子は小さな声で言った。

「分かった」

和男はその場を去った。

《俺はふられたわけだ》

和男は配達を続けた。

《朝会った時には、今まで通り声をかけよう》

第三十章　工場実習

夏休みに三週間の工場実習をすることが、T大学工学部の三年生の必修科目だ。学校から指定された工場で実習生として働くのだが、学校が指定する実習先では、和男は夕刊の時間に戻ることができそうもない。

「先生、俺、夕刊の配達があるので、これらの工場では実習ができません。どうすればいいですか」

和男は担当教授に相談した。

「前例がないが、工場実習は必修だ」

工場実習担当の教授は、和男のことを親身には考えてくれなかった。

《前例がないとか言われても、俺は一体どうすればいいんだよ》

夕刊を配りながら和男は考えた。

《工場の実習先を自分で見つけてやる》

朝・夕の配達時、和男は普段と違った目で配達区域を見て工場を探した。そして、大小様々な工場で何をやっているのかを聞いて行くうちに、よさそうな工場を見つけた。

東京S機械製作所T工場、業務用洗濯機を製造している工場だ。工場に入り工場実習の受け入れをお願いした。

工場の総務部、田村課長に面談してお願いしたが、アルバイトと思われたらしく遠まわしに断られた。

再度、学校で担当の教授に相談した。

和男は、この教授のことが大嫌いだった。

「東京S機械製作所T工場に当たりましたが断られました。先生はどこか探していただけましたか?」

和男は教授に聞いた。

「君は例外的な学生で、新聞奨学生で三年まで続いた者はこれまでいない。なかなか夕刊に間に合う工場はないいねぇ」

《何も探していないに違いない》

「自分でなんとかしろ、泣きついてでもお願いしろ」

教授は和男に言った。

《あんたは何もしてくれないじゃないか。言われなくても自分でなんとかするよ》

T大学では、三年までに留年や退学するものが数名いた。そして、学生達は、工場実習で夏休みが潰れることを嫌がっていた。

そんななか、和男は自分で実習先の工場を探すところから始めなくてはならなかった。

《夏休みが潰れると言ってみんな嫌がっている。これだから実習を引き受けてくれる工場が年々減ってきているんだろ。俺は逆に増やしてやるよ》

和男はもう一度、東京S機械製作所T工場に行った。

総務部の田村課長は外出して不在だったために、工場長が会ってくれた。

身上、自分の考え、家族のことなど、和男は工場長に聞かれたことに正直に答えた。工場長の丸い目が和男を見て時々頷いていた。

返事は一週間後にあり、和男の実習先が決まった。

《やった！　工場長の後藤さん、ありがとうございます》

和男は工場長の顔を思い出して感謝した。

和男は嬉しさから、上限の日数に実習期間を決めた。

《少しでもいい、東京S機械製作所T工場に貢献するように頑張ろう》

その後の日々は、肉体的に辛いものだった。

朝の三時半に起きて新聞配達、店の掃除、朝食を済ませてから自転車で工場へ出勤。工場での作業終了直後に夕刊の配達、折込作業、夕御飯のあとは集金と、暑い夏に働きずくめの毎日が一ヶ月以上続いた。

和男は、製造の二班に配属された。

班長の内山リーダーに、年配で和男の英語の先生に似た川上、同い年の鈴木、年下の小平、それぞれ製造に携わる工員達だ。

最年長の川上は、和男に優しかった。

「腹減っただろ、これを食べな」

三時の休憩時間、川上は和菓子を差し出した。

「ありがとうございます」

「業務用洗濯機でシーツや毛布を洗ってやるから、今度、持ってきな」

川上は和男に声をかけた。

「ありがとうございます」


業務用洗濯機の下部溶剤槽は、洗濯用の溶剤から母材の鉄を腐食しないように保護するために、亜鉛メッキが施されている。

これらの組立て前の各パーツは、母材の配管用メネジ部分（ソケット）が亜鉛メッキで埋まっているとともに表面のメッキがデコボコしている。

工場で和男が担当した仕事は、メッキで埋まったネジ込み部をタップでさらい直す作業（バスタップたて）、デコボコのメッキをサンダー（ハンドグラインダー）で平らにならす作業、大型乾燥機の芯出しの補助、梱包用木材の運搬、掃除、各種材料運搬、ボルト・ナット締め、等々多岐にわたった。

亜鉛メッキのデコボコをならす作業では、暑いなか、マスクとゴーグルを着用してサンダーで亜鉛のデコボコを削っていく。

暑さと発汗でゴーグルは曇り、汗だくとなった顔や体に、削り飛ばして飛散した亜鉛の粉が張り付いて、息苦しさを伴う作業た。

大型乾燥機の試運転は、スチームによる湿度と温度、舞い上がる埃で工員達はフラフラになった。

バスタップたては、直系五センチメートルのタップに一メートル五十センチメートルのパイプを取り付け、テコの原理で亜鉛メッキに埋まったタップを切り直すもの。

少しずつしかネジが切り直せず、パイプにぶら下がっても動かないほど力が必要な時もあり、他の工員達は、和男が仕事をした分作業が楽になり和男を重宝に思った。

《筋トレと思って楽しくやればいい》

家の柱のような材木の運搬、薄く大きく持ちにくい鉄板を傷つけないように気を使っての運搬、塗装と、和男は働いた。

工場は、週休二日制だったのが救いとなり、和男はなんとかもちこたえた。

《自分で見つけた実習先、無理にお願いしてやらせてもらっている、感謝して働く》

第三十一章　夏の思い出

夏休みの配達中、和男は美奈子に会うたび声をかけ続け、時々デートに誘った。

「俺のバイクで海に行かない？」

《まあ、断るだろうな》

「いつ行く？」

美奈子が聞き返した。

「それじゃ、明日の土曜日はどう？」

「明日は夕刊の配達があるわ。あなたも配達があるでしょ」

「夕刊に間に合うように帰ればいいじゃん」

「それならいいわ、連れてって」

《おっと、ＯＫが出た》

土曜日、工場実習は休み。よく晴れた日だった。

大学の友達から七万円で買った中古のバイク（カワサキＺ２５０ツインＬＴＤ）の後部座席（タンデムシート）に美奈子を乗せ、和男は江ノ島に向かって走った。

オートバイで後部座席に女性を乗せて走るのは、和男が高校生時代にやってみたいこと

後ろに女性を乗せてバイク走ること》

《嫌われているわけだから彼女とは呼べないけど、やってみたかったことが一つ実現した。

のひとつだった。

江ノ島に到着。商店街や波が打ち寄せる防波堤を散歩する。二人とも夕刊までに余裕を持って帰らなくてはならないため、すぐに帰る時間になった。

帰り道は車の間をすり抜け、ダンプカーに幅寄せされ、縁石にステップをこすったりしながら国道246号を走り抜けた。

スピードが出せるところは、一二〇キロで走る。

《捕まったらスピード違反で免許停止かもな、今日だけは捕まりませんように》

短いデートはせわしなく終了。

「今日は、ツーリングに付き合ってくれてありがとう」

和男が美奈子に声をかけた。

美奈子は笑顔で頷いた。

二人はそれぞれ、夕刊の配達のために店に戻っていった。

工場実習が終わると、和男は再びボクシングジムに通った。

和男がいなかった間に、二人の練習生、中村と細田が入門して練習に来ており、二人は互いにスパーリングをやるまで練習が進んでいた。

しかし二人共小柄なために、和男とは階級が合わないとの理由から、和男は二人とはスパーリングをやらせてもらえなかった。

《村八分みたいで不愉快だ、面白くない》

ちょうどその頃、中村がプロテストを受けるため、スパーリングの経験を積むために、KMジムへ出稽古に行くことになり、細田と共に和男も参加した。

KMジムは、和男が通うジムと違い練習生が大勢いた。

和男はプロボクサーの練習を見るのは初めてだった。

褐色で体の引き締まったプロボクサーが、落ち着いた目で和男達を見た。

《褐色の肌が鋭い目をより強調して、野生動物のような精悍さを感じる》

まず、細田がヘッドギヤ、マウスピース、そしてグローブをつけてリングに入った。

二ラウンドのスパーリングが開始され、細田は相手に打たれ放題に打たれて、完全に怯えていた。

次はプロテストを受ける中村、二ラウンドをほぼ互角に戦い抜いた。

相手のほうがやや上にみえたが、相手はプロとのことだった。

KMジムの活気ある雰囲気のなか、スパーリングを見て、和男はスパーリングをやってみたいとワクワクしたが、まだ早いとのことで、やらせてもらえなかった。
《ずっとスパーリングなしでは意味がない、もうジムを辞めよう》
翌日からジムでは再び毎日サンドバッグを叩き、和男は左の拳同様、右の拳も傷めた。

和男はボクシングの練習で疲れ、気が進まないなか、販売客の同僚・杉田に誘われて多摩川の花火大会を見に外に出た。

人混みの川原を歩いていると、

「あれ、今前を通りすぎたの野村さんじゃない？」

杉田が言った。

「えっ」

和男が後ろ姿を見ると確かに美奈子だ。専業配達員らしい年配の男と歩いていた。

「声掛けなくていいの？」

杉田が聞いた。

「付き合っているわけじゃないからいいよ」

不愉快そうに和男が言った。

その夜、和男は不愉快な気持ちを晴らすため、バイクで夜の街を走ろうとしたが、何故かバイクのタイヤはパンクをしていた。

夏休みも残りわずか、ボクシングジムで和男は相変わらずサンドバッグを叩いた。
《俺だけスパーリングができない、本当に面白くない》
やがてＫＭジムに行く機会が再び来た、細田は前回のスパーリングで怖くなり欠席。中村と和男、コーチの三人で出稽古へ向かった。

中村のスパーリングが終わった。

プロで何勝かしている相手とスパーリングをし、好勝負をした。

《スパーリングをしなければ、ここに来た意味がない》

和男はスパーリングがやりたくて、我慢ができなくなった。

《コーチに聞いてもどうせダメだって言う。ＫＭジムのコーチに許可してもらおう》

「すいません、スパーリングを一回もやったことありませんが、俺にもスパーリングをやらしてもらえませんか?」

和男はＫＭジムのコーチに尋ねた。

「ああ、いいよ」

簡単にＯＫが出た。

和男のコーチは何も言わないが、不愉快そうな顔をしている。

《やった、スパーリングができる》

和男は、初めてヘッドギヤとグローブをつけた。

《初めて味わう感じだ、汗とワセリンの混じった独特な匂いがする》

和男と体重が合うのはミドル級。

近々プロテストを受ける、背の高い社会人が和男のスパーリング相手に指名された。

ゴングが鳴った。

スパーリング開始、和男はきちんと構えて、習ってきた基本の通りに動こうとした。

しかし、開始早々に相手のジャブが和男に当たり続けた。

和男はジャブで反撃するが、相手のリーチが長いのと、打つ瞬間だけステップで踏み込んでは後ろに素早くさがるため、和男のジャブはまったく当たらない。

やがて、和男は鼻血を流しはじめた。

「よし、いくぞ」

《基本は二の次だ、相手を殴るのが、今、俺がやるべきことだ》

和男は鼻血を出したことで、気持ちにスイッチが入った。

習ってきた基本の動きはやめ、喧嘩に近い動きになった。

相手に打たせるだけ打たせて前に出続けた。

「せいっ」

右の大振りのフックを出した。

《当たった、手ごたえがあった》

続けて、相手に柔道の足払いをかけてコーナーの隅に追い込んだ。

コーナーで動けなくなった相手を、いつものサンドバッグ打ちのように連打した。

相手はガードをして、時々パンチを返してきた。

和男の頭にガーンガーンと衝撃を感じさせたパンチが数回あった。

ヘッドギヤと大きめのグローブをつけているため痛みは感じず、終了のゴングが鳴るまで相手をコーナーに追い込んだまま連打を続けた。

一ラウンドのスパーリングは終了。

喧嘩みたいに反則をした和男に対し、相手は紳士的な態度で和男がグローブを外すのを手伝い、握手を交わした。

「声を出すな、足を掛けるやつがあるか、でもいい面があったぞ、それはハートだ。お前にはなんとしても勝とうというハートがある。また来いよ」

スパーリングが終わり、KMジムのコーチが和男に言った。

《そうか、よかったのはハートか。奨学生最後の夏にいい思い出ができてよかった》

しかし、和男のコーチは腹を立てていた。会長である自分を無視して、相手ジムのコーチにスパーリングの許可を求め、和男はスパーリングをしたからだ。

「喧嘩じゃないんだ。反則はするな」

和男のボクシングジムのコーチが、嫌そうな顔をして和男に言った。

《せっかくいい気分でいたのに興醒めだ。このボクシングジムは辞める。もう行かない》

和男はボクシングをやりたいからお金を払ってやっていた。けれどスパーリングができなければ意味がない。会長の機嫌を損ねても和男は気にしなかった。

和男は初めてのスパーリングの感触が忘れられず、中村と帰る電車の中、そして帰ってからも、ワクワクした気分でいた。

和男のボクシングは、一ラウンドの反則スパーリングを最後に終わった。


数日後、和男は美奈子を誘った。

「今日の夜ツーリングしない？」

「どこに行くの？」

「俺がここで配達する前に配達をしていた前の区域。お世話になったお客さんに手紙を届けたいんだ。一緒に来ない？　夕御飯をおごるよ」

「いいわよ」

和男が以前に配達をしていたTニュータウンへオートバイで出かけ、和男が世話になったお客のポストへ手紙を入れていく。

手紙にはお世話になったお礼、近況、残り半年で新聞奨学生を辞めて普通の大学生になることなどを書いた。

手紙の配達を終えると、夜のテニスコートのベンチに座り、二人は話をした。

「俺のことを好きになってくれない？」

「……」

和男が告げた。

「野村さんのこと好きだよ」

自然と二人は鬼ごっこを始め、和男は美奈子を捕まえた。

「あれ、どこかに腕時計を置き忘れた」

和男が腕時計を捜しはじめ、鬼ごっこは中断。

「ドジね」

和男が時計を捜し出したが、美奈子は不機嫌になって言った。

夏休みの最終日曜日、和男は美奈子を映画に誘った。

映画は「インディジョーンズ」。

帰りに山下公園で、美奈子は和男に話した。

「私、好きな人はいないの。いい人だと思っている人はいるけど、好きではないの」

美奈子が言った。

「そうか」

《俺は、野村さんが俺のことを嫌いだろうが何だろうが、同じように接するだけだよ》

「俺は新聞奨学生で何人も挫折した仲間を見てきたけど、野村さんはがんばってね」

和男は美奈子のことを、好きという感情と心配という感情が、どちらが先にあるのか後にあるのか分からない気持ちでいた。


その翌日、和男はT市の柔道大会に出場した。

時々、前日のデートのことを思い出し、緊張をしないで試合に臨んだ。

所属が同じTN柔道会の実力者、小滝に手こずったものの、順当に勝ち進み、前々回の準優勝者と対戦した。

和男は相手の関節を極めた。

相手は苦痛の表情でいるが参ったの合図をしない。

和男は力を込めた。

対戦者の肘からメリメリと音がした時点で、審判が止めた。

和男に一本勝ちが宣せられた。

和男は優勝した。

「佐藤先生強～い！」

TN柔道会の関係者から拍手と声援があがった。

試合後は柔道会の父母と懇親会、お酒やお寿司をご馳走になり、カラオケも歌った。

和男は、同じ柔道会の吉岡先生と話をした。

吉岡先生は、大学時代には病院で夜間の仕事をしながら学費を稼ぎ、卒業後は政治家の秘書を経て議員となった人物であることを知った。

和男は、吉岡の苦労話を聞いて、自分と対話をした。

《この人は苦労が報われて今の地位を勝ち取っている、俺も将来、自分が納得できるものを勝ち取ろう》

やがてお開きになった。

和男は一人、歩いて駅に向かう。

秋の虫の声が聞こえる。

《夏が終わる、工場実習、ボクシングのスパーリング、柔道大会優勝、野村さんとのデート、充実した夏だった》

和男は電車に乗り、新聞店に戻る。

鞄の中には、金メダルと賞状が入っている。

金メダルを手に取り、和男は笑顔になった。

《奨学生生活最後の夏が終わる、この生活もあと半年か》

和男の表情は、笑顔から、やや寂しげな表情に変わった。

第三十二章　心の試練

秋が深まった日曜日、和男は朝刊の配達を終えた。

「お先です」

和男は、友人数名と富士山と日光へツーリングに出かけた。

バイクでコーナーリングを楽しみながら、バスを数台追い越して走っていく。バスの中から小学生が手を振った。和男達は手を振り返した。

富士山の五合目に到着。

トイレ休憩をとり、缶コーヒーを飲んで数分で出発。

富士山の観光が目的ではなく、バイクで走ることが目的なのだ。

コーナーリングを楽しみ、富士山を下っていく。

日光からの帰り道、東北自動車道の宇都宮周辺に差しかかると、和男のバイクのマフラーから白煙が出て、動かなくなった。
《まいったな、バイクが動かない》
和男は途方に暮れた。
アクセルとクラッチレバーを調整すると、バイクは少しずつ動くことが分かった。

《力はないけど、少しずつ加速すれば走れそうだ》

加速が悪い状態で、徐々にスピードを出して和男は路側帯《ろそくたい》を走った。

その頃、先に行った和男の友人達は、路側帯に停車して和男を待っていた。道路公団の車が彼らの前で停止した。

「俺達、何か違反しましたか？」

渡辺が道路公団のパトカーから降りてきた職員に聞いた。

「路側帯を徐行して走っていたバイクがいたけど、君達の友達かな？」

「それは和男だ」

渡辺が言った。

しばらくすると、和男は先に行った友人達と合流した。

「ごめん遅くなって。バイクの加速が悪いんだ」

「どれ、ちょっと見せて」

渡辺は和男のバイクのアクセルを吹かした。片方のマフラーが白煙を噴いた。

「これ、ツインエンジンで二気筒じゃん、そのうちの一気筒のピストンリングが割れたんじゃないかな」

「なんとか走れるから帰ろう」

「そうだな、けど、こんな状況では、高速は降りたほうがいい」

「オイルの減りが早いだろうから、オイルを補給しながら帰るといいよ」

右のマフラーから白煙を吐き、体はオイルでベタベタ。

やっとの思いで新聞店の近くまでたどりついたのが深夜二時過ぎ、渡辺はスピードの遅い和男に付き合ってくれた。

「ありがとう、遅い俺につきあってくれて。それじゃ」

「それじゃ、学校で」

《朝刊の配達に間にあってよかった。あと一時間で朝刊が届くなぁ》

和男は少し休み、すぐに朝刊の配達に出た。


いつもの場所で和男は美奈子に会った。

「おはよう。日光に行ってきた、これお土産」

和男は日光で買ったキーホルダーを美奈子に渡した。

「ありがとう。私ね、配達の区域が替わるかもしれない」

「なんで」

「あの人がそう言ったの。まずいなーと思いつつ、この頃あの人によくおごってもらっているの」

美奈子が和男に笑いながら言った。

「そうか」

その場はそれで別れ、互いに配達を続けた。

《なんだか腹立つなあ》

配達をしながら和男は不愉快な気持ちが募ってきた。

美奈子が区域を代わったら、配達途中に和男とは会うことはなくなる。

そして、「あの人」と美奈子が言ったのは、最近よく美奈子と一緒にいるのを見かける、五十歳くらいの専業配達員のことだった。美奈子と同じ店で働いている。

和男は腹が立ったが、ツーリングの疲れから気力が半減していた。

《野村さんの顔は見たくない。会わないように、しばらく順路を変えよう》

その後一週間、和男は配達の順路を変え、配達途中に美奈子と会うのを避けた。

しかし、配達終盤の帰り道、ファミリーレストランの駐輪場に、例の専業員の自転車と、美奈子のバイクが並んで止まっているのを毎日見かけるようになった。

《配達が終わる時、いつもならすがすがしいのに、最近はムカつく》

専業員の自転車のスピードに合わせ、美奈子がバイクで走っている姿もたまに見かけた。


一ヶ月以上、ほぼ毎日同じような日が続いた。

ひどい雨降りの朝、和男は美奈子と会った。

「おはよう、今日はあの専業配達員はいないんだな」

和男は久しぶりに美奈子に声をかけた。

「そう、今日はいないの。私ね、昨日、配達の途中に食事をおごられて、配達が遅れちゃったの」

美奈子が少し笑いながら言った。

「そうか、それじゃ」

和男は会話を切り上げ、配達を続けた。

《なんだそれ、なんのための手伝いか分かんないじゃん。今日みたいな雨の日は手伝わないし。俺だったら全部配達してやるね。それにしても不愉快な気分だな》

雨のなか、和男は配達を続けた。

《俺はやきもちをやいているのか？　けれども、これって誰が見ても変だと思うのではないか？　同じ店の人達は知っているんだろうか？　同じ店の関係者に知られたら、野村さんはひんしゅくをかわないだろうか？　彼女の両親が知ったらきっと心配する》

和男は配達を終え店に戻った。

《気にするまい、心配するまい。あんなことは何でもない、関係ないこと》

翌日の朝も雨降りだった。

和男は美奈子に会った。

「おはよう、今日もあの専業配達員はいないね。雨が降ると来ないのか？」

和男は少し怒った表情で美奈子に聞いた。

「私ね、社交ダンスのサークルに入ったの」

美奈子は話をはぐらかした。

「なにそれ」

和男が聞いた。

大学生の有志が千円ずつ出し合って講師料にして、社交ダンス習っているとのこと。

「市役所のホールでやっているから来てみない？」

「分かった、行ってみるよ」


和男は、社交ダンスのサークルに行った。

美奈子はいなかった。

三十歳くらいの女性の先生が、初めて来た和男に親切にレッスンをしてくれた。

「はじめまして、誰の紹介ですか？」

知らない男子学生が聞いてきた。

「誰でもいいじゃないですか」

和男が面倒くさそうに答える。

「紹介してくれた人は今日来ていますか」

更に質問してきた。

《この人しつこいな、多分気にしているのはあの子だ。よく俺にきさくに声をかけてくれ

る感じのいい女性》

「今日は来ていません」

和男が答えると、その男性はほっとしたように見えた。

「ここに来ているのは学生だけですか？　五十歳くらいの人は来ていませんか？」

例の専業配達員が来ているかを知ろうと、和男はその男子学生に聞いた。

「来るのは大学生か専門学校生で、そんな人は来ていませんよ」

男子学生は答えた。

ダンスサークルに来ているのは、先生を除いて若者だけだ。

《例の専業員の件は、いずれ白黒つけてやる》

ダンスサークルに出席した翌日。

和男が集金をしていると、例の専業員と美奈子が自転車とバイクで和男のほうに並走してきた。そして、二人は和男を無視して通り過ぎた。

すれ違って数分後、

《不愉快だ》

和男はUターンし、二人を追いかけた。

踏み切りで数分間の停止。

《時間がない。集金を続けよう》

踏み切りで待つ間に、和男は平常心に戻り集金を続けた。

集金先では親切なお客さんと世間話をし、和男は気が紛れた。


翌日。

朝刊を配っていると、和男は例の専業員に会った。美奈子は一緒ではなかった。

「野村さんは区域を替わるんですか？」

和男はバイクに乗ったまま、専業員の乗る自転車のかごを掴んで質問した。

「替わらないよ」

専業員が答えた。

「じゃあ、なぜいつも一緒にいるんですか？」

和男が更に質問をした。

「なんだお前、野村のことが好きなのか？　どこの店だ」

専業員が言い返した。

「ああ好きだよ、俺はM新聞だ」

和男が言った。

「じゃあ南原に言っておくからな」

専業員が言った。年をくっている分、弁が立つ。

「ああ、言えよ。その前にちゃんと俺の質問に答えろよ」

「……」

《不愉快なおやじだ》

和男は専業員を睨み付けた後、自転車のカゴから手を離して配達を続けた。

《あの専業員は、なんで野村さんと一緒にいるのかという問いに対して話をはぐらかした。そして、うちの店長に話すって？　話せよ、俺のことを脅しているつもりか？　あの野郎、ふざけやがって》

和男は配達を続けた。

更に配達を続けていると、例の専業と美奈子が二人でいるところに出くわした。

《こいつらまた一緒にいる》

和男に怒りがこみ上げた。

配達のバイクを止め、軍手と腕時計を外した。

「このやろう、自転車から降りろ」

和男は静かに言った。

「降りろって言っているんだよ」

和男は怒鳴った。

「やめて」

美奈子が叫んだ。

「君の店ではどうか知らんが、うちの店では俺は誰にでもメシをおごるし、配達を手伝っ

ている よ」

専業員は自転車から降りようとせず、色のついたV型の眼鏡の奥の目は、和男の目を見ていない。

「毎日誰にでもメシをおごって、毎日誰にでも配達を手伝っているのかよ」

和男は言い返した。

「君は学生かね……」

専業は説教じみたことを話しだし、例によって話をはぐらかしにかかった。

《こいつ、聞いてることを誤魔化そうとしている》

「俺のこと嫌いか?」

和男は、美奈子の方を見て聞いた。

美奈子は声を出さないで、しばらくして頷いた。

「そうか」

和男はその場から立ち去り、配達を続けた。

和男にとって、心の試練だった。

《心がボロボロだ。これが失恋か? 乗り越えてやる。楽しんでやる。そして強くなってやる》

第三十三章　嘘

朝刊の配達を終えて店に戻ると、和男は店長の南原に、さっきの出来事を話した。

専業配達員に何を言って、何を言われたか、そして、和男が美奈子のことが気になっていることも話した。

「そいつは守山だ」

和男の話を聞くと、南原が言った。

「そいつは、口が上手いし、女に手が早いし、どうしようもない奴だよ」

南原は続けて言った。

その日の夜、集金をしていると和男は美奈子に会った。

「話がしたい」

和男は、芳子に静かに話しかけた。

美奈子は黙って頷いた。

二人はファミリーレストランに入り、ケーキとコーヒーのセットを注文した。

「野村さんといつも一緒にいる専業員、守山っていうんだよね？」

和男は美奈子をしっかりと見て言った。

美奈子は無言で頷いた。

「守山はろくな奴じゃない。一緒にいてはダメだ」

美奈子はうつむいている。

「野村さんのことが心配なんだ」

和男は続けて言った。

やがて、美奈子はうつむいたまま、鼻をすすりはじめた。

《犯人の尋問をしているみたいだ。この雰囲気はよくない。話題を変えよう。なんか楽しいことを話そう》

話題がなく、話が下手な和男は何も言えない。

やがて注文したケーキとコーヒーがきた。

「きたきた、さあ食べよう」

和男が言った。


翌日から、例の専業員は姿を見せなくなった。

何日か過ぎて、五十メートルくらい離れた先に和男は守山を見かけた。

「おい、守山」

和男が声をかけた。

専業員は不自然に慌てて、どこかに行った。

《偉そうに説教じみたことを言ったくせに、ろくなもんじゃない》
和男は美奈子を映画に誘った。
ジャッキー・チェンの映画だ。
映画を見たあと、二人は港の見える丘公園に行き、ベンチに座った。
やがて、美奈子のほうから守山のことを話しだした。
「守山さん、あの人、K大学を中退したんだって」
《普通は、大学を出たのに新聞配達やっている、そんな風に言われるのは嫌だろう。前の店にいた遠藤さんがそうだったように、自慢気に言うことじゃない》
和男は美奈子の言ったことをメモした。
「守山さんね、洋服の会社の社長さんでね、世間から見れば二号さんだけど、女の人に毎月十万円の世話をしているんだって」
《なんであんな奴のことを笑顔で話すのかな？　守山のことはどうでもいい。野村さんから守山の言ったことを聞くと、野村さんに対して腹が立つ》
「新聞配達をやっている人はろくなのがいないから、つきあっちゃダメだって」
《じゃあ守山は何だよ。自分のことは棚上げかい？》
話を聞き、和男に、自分でも整理できない感情が湧いた。
《よく分からないけど相当ムカつく。でもそれは守山に？　野村さんに？　それとも自分

自身に対してか?》

美奈子が話した守山のことを、和男は箇条書きにした。

・守山はK大学を中退した。
・守山は洋服の会社の社長をしている。
・守山の兄は、もと文部省の局長で、今は大学の事務局長をやっている。
・守山の息子は、K学院大の三年でラグビー部に所属している。
・守山の息子は大学院まで行く。その授業料は企業が出す。
・守山は奥さんを大切にしている。
・守山は若い女性に月十万円を世話している。
・女性は贅沢をし、贅沢に慣れなくてはいけない。
・守山は他の専業員より真面目で、新聞店の店長に信頼されている。
・守山は新聞店の運用上必要な人材で、いなくなると店が困る。
・守山は他の専業員と違い、新聞の契約を一日に百件とってくる。
・守山には女性が言い寄ってくる。
その他いろいろ……。

「箇条書きしたらこうなったけど」

和男は箇条書きのメモを野村に見せた。

「これ信じるのかい？　守山は嘘つきだよ」

美奈子はうつむいた。

「野村さんが守山のことを信じるのは自由だけど、俺は野村さんには守山と関わってもらいたくないね」

美奈子は鼻をすすりはじめた。

《思いたくないけど、守山から毎月十万円もらっている二号さんって、野村さんのことじゃないの？　いやいや、いくらなんでもそんなことはないだろう》

和男の美奈子に対する気持ちが揺らいだ。

和男は疑いの気持ちを払拭し、美奈子を抱きしめた。

海は夕日を受けて輝いていた。

《俺は守山とは違う。見栄を張るために嘘なんかつかない》

第三十四章　小さな挑戦

専業配達員の守山は、和男との一件後、姿を消した。

「守山を見なくなったね」

朝刊の配達時、和男が美奈子に話しかけた。

「他の店に誘われていて、行かなくてはならないんだって。それで店を辞めたの」

美奈子は和男に答えた。

「そうか」

和男は一言だけ答えて思った。

《そんなの嘘に決まっているだろ》

その後、和男は店長の南原から守山のことを聞いた。

「守山はクビになったよ」

南原は和男に告げた。

「あいつのいた店は、店員が少しくらいなら集金の金を使い込んでも眼をつぶっているんだけど、守山は相当ひどく使いこんだらしい。そしてクビになった」

《守山は店の金を盗んで野村さんにおごっていたわけだ。自分は店に必要だなんて大嘘つ

いて、ろくなもんじゃない、俺は間違っていなかった》
信用がなくなる人間には共通点がある。
関係者に損害を与える人間、金銭にルーズな人間、時間にルーズな人間、そして、氏素性を偽る、学歴を偽るなど、見栄を張る人間。
こんな人間は信用もさることながら、それ以前に嫌な奴と思われる。

冬休みが迫り、和男は壊れたバイクを修理することにした。

《このバイクを修理して、また乗りたい》

和男は三年になってから、夕刊の配達が終わると、クラスメイトの家へレポートを書きに出かけていた。

その際、バイクは必要な移動手段であった。

和男は、バイクの修理についてクラスメイトにアドバイスを受け、自分で分解した。

シリンダーブロックを開け、エンジンの損傷状況を自分の目で確かめた。

《よくこれで宇都宮から帰ってきたものだ》

シリンダーヘッドを開けると、シリンダーブロックの中に二つのピストンが納まっているのだが、そのうち片方のピストンの上面（圧縮面）に穴が開いていた。

また、シリンダーブロック内面に、スカッフィング（焼きついたキズ跡）が残っていた。

《交換するピストンがないと修理は無理だ。バイク屋に持ち込もう》

和男はバイクを仮組みし、バイク店に持ち込んだ。

「バイクの修理を見積もってください」

和男はバイク店の主人にピストンに穴が開いている状況など、分解して分かっている状況を一通り説明した。

「もう三万キロも走っているし、他にも悪いところがあるだろうから、もう捨てた方がいいんじゃない?」

バイク店の主人は答えた。

《このバイク屋はダメだ》

和男は穴の開いたピストンを学校へ持って行き、先生に相談した。

ちょうどエンジンの設計製図をやっていた頃に、設計製図の先生にも見てもらった。

「先生すいません、俺のバイクのエンジンですが、ピストンに穴が開いてしまいまして、なんとか修理したいのですが」

和男は穴の開いたピストンを見せて先生に尋ねた。

「あー、これはもう捨てたほうがいいですね」

やりとりを見ていた学生達は笑いだした。

「エンジンはバイク屋さんに頼みなさい、第一、危ないよ」

それを聞いて、更に学生達は笑った。

《もうバイク屋には断られたんだよ》

バイク屋も先生も同じことを言った。

不可能なことにも程度や等級がある、和男が直面しているのは小さな不可能。

修理の手段を知らなければ、知っている人間に聞けばいいこと。

自分で修理をする道が残った。

和男は友達に相談した。

「どういう運転したらこんな風になんの？」

「このピストン、圧縮比ゼロ」

「俺、こんなの初めて見た」

「穴があいているから灰皿にもなんねえ」

「俺のよりひでえ」

友人達は口々に言いたいことを言ったが、和男は頼もしく感じた、それは機械科の学生であり、エンジンの構造を知っているからこそ出てくる言葉だったからだ。

「焼きついたシリンダーは、ボーリングをしてボアのサイズアップをしなくてはだめだよ。それも、ただ大きくするだけじゃなくて、内面をピカピカに、鏡面に仕上げることが必要だよ」

エンジンに詳しい友人の長谷川がアドバイスをくれた。

これは、バイクの排気量を上げてパワーアップをする改造と同じで、時に、違法に排気量をアップする改造もある。

「俺、ボーリングしてくれる町工場、知ってる。五千円でやってくれるよ」

長谷川が言った。

「ありがとう、お願いします」

和男は長谷川に頭を下げた。

ピストンは、ボーリングしたシリンダーの内径に合うものが必要となる。

三サイズオーバーのピストンと、オイルクリーナーやエアクリーナーなど、友人達が入手してくれた。

必要な部品が揃ったのが冬休み直前。

《あとは冬休みに組み立てるのみ》

長谷川に聞いた通り、オイルでエンジンの中を洗い、ピストンの破片を洗い流した。

分解した部品を磨き、ポートを研磨し、マフラーも磨き、組み立ては二日で終了。

しかし、エンジンはかからないまま、冬休みが終わった。

「バイクは直ったかい？」

「まだできていない」

バイクが直ったかどうか友人達に聞かれるたび、和男は情けない返事をした。

自分でエンジンの分解組立てを経験して、和男はエンジンの仕組みが分かった。原動機の技術者になるのに、必要な経験をすることができた。小さな挑戦は、よい経験となった。

第三十五章　病気

試験が一月二十五日から始まった。
集金を開始するタイミングと重なった。

二十五日、数理統計学。
二十六日、塑性加工。
試験期間は早く帰宅できるため、夕刊の配達まで和男は勉強した。
そして、夕刊の配達が終わると集金に出た。
《体がだるくて気力がわかない。帰ろう》
和男はコタツで勉強を開始したが、すぐ横になり、そのまま朝刊まで眠った。
二十七日は日曜日。
和男は朝から夜まで集金をした。
《体がだるい、何もやる気になれない》
和男は部屋に戻るとすぐに眠った。
二十八日、哲学。
哲学のテストは作文「まなざし」について書く。なんとか書ききった。

《明日は自動車工学の試験、ノートをまとめよう》
自動車工学の試験は、内容が多岐にわたるためにノート持込が許される試験である。しかし、和男は授業内容を教科書に書き込んでおり、ノートを作っていなかった。
咽喉の痛みがひどく、三十八度の熱があり、和男は横になった。
《ノートを作らないと》
深夜零時から朝刊が来るまでの間、和男はノートをつくった。
《体調がますます悪くなる。配達を休みたい》
二十九日、自動車工学。
三十日、試験なし。和男は夕刊後、横になった。
薬局で買った薬を飲んだが、体調は変わらなかった。
咽喉が異常に痛み、喋るのが苦痛で熱は三十九度になった。

体調が最悪ななか、T病院の配達をしている時のこと。

T病院の配達は、各病室の扉の前に新聞を置いていくのだが、早朝（ほぼ深夜）の病室から新聞を受け取る手が出てきて和男は驚いた。

「うわっ」

すぐに看護婦さんが出てきた。

「明日から新聞は終わりにしてください。おばあちゃん、今亡くなりましたから」

看護婦さんが言った。
「えっ」
和男は言葉を失った。
《あのおばあちゃん、亡くなったんだ》
しっかりした眼差しをしたおばあちゃんだった。
《おばあちゃん苦しくなかったかな?》
和男の咽喉の痛みは更にひどくなり、つばを飲み込むのさえ苦痛な状況だった。

三十一日、和男は配達も試験も休んだ。

三年間の奨学生生活、休んだのは初めてのことだった。

ほんの数日前に、伊藤が新規で専業の配達員となったため、店の関係者に負担をかけずに済んだ。

しかしその後、伊藤は妻が病気とのことで、一ヶ月勤めて辞めた。

和男は運がよかった。

《健康が一番だ。今は本当にそう思う》

和男は健康の大切さを実感した。

《病院へ行くのに、おふくろに保険証を持ってきてもらおう》

和男は母に電話をし、保険証を持ってきてくれるように頼んだ。和男の母はパートの仕事を休み、朝一番で保険証を持ってきた。

「はい、保険証。すぐに病院へ行ってきなさい」

「ありがとう」

和男は配達区域にある町医者、N医院へ行った。


「佐藤和男さん、どうぞ」

待合室で名前を呼ばれ、和男は診察室に入った。

「喉が痛み、熱があるのですね、口をあけてください」

女性の医師は和男の喉を覗き込んだ。

「扁桃腺周囲膿瘍《へんとうせんしゅういのうよう》ですね、扁桃腺が腫れて咽喉全体が腫れ上がって垂れ下がっています。ずいぶん我慢しちゃったのね」

医師は優しく言った。

「新聞配達や試験を休めないので、我慢しました」

「これだけ酷いと、注射器で膿を抜き取るのがいいけど、ここは耳鼻咽喉科でなく内科だから、それはできないの。腫れた場所に薬を塗って、飲み薬とうがい薬で様子をみましょう。無理は禁物ですよ。試験は追試を受ければいいと思うわ。まず休むこと」

女医は和男を諭した。

「ありがとうございました」

和男は配達用のバイクに乗り、新聞店二階の部屋へ戻った。

《無遅刻無欠席も終わりだ、先生の言う通り、試験は追試を受ければいい、休もう》

部屋では和男の母が、昼食を準備して待っていた。

寿司、肉まん、果物など、和男が好きなものを買って用意していてくれた。

「仕事があるから帰るね、無理はしないでね」

和男の母はスーパーのレジ係をしているが、この日は、時間を入れ替えてもらい来ていたため、すぐに帰っていった。

《ありがとう、保険証をすぐ持ってきてくれて。そして、好きなものを買ってきてくれて。心に沁みるよ》

二日後、和男は回復した。
《喉の痛みはない、試験を受けられそうだ》
しかし、熱を測ってみると三十七度。
《おふくろや先生が無理するなと言っていた。どうせ追試は受けるんだから、今日も休もう》
和男は休み、そして再びN医院へ行った。

「よかったわね。あのまま変わっていなかったらどうしようかと思ったわ。あなたの白血球は随分強いのね。熱が下がったからいつも通りに生活して大丈夫そうね」

「ありがとうございました」

《そうか、俺の白血球は強いか。遺伝子によるものか、貧乏で鍛えられたからか。それとも両方かな》

和男は回復した。

学校へ行き、診断書を添えて追試願いを提出した。

《病気になって、周囲のありがたさ、そして、健康の大切さが分かった》

追試を受ける手続きはすべて終わり、帰途につく。

《周囲の雑踏が不思議と心地よく感じる、病気は、なんでもない日常が幸せなことを気付かせてくれた》

第三十六章　集金

大学で就職ガイダンスが開催されたが、和男は欠席した。

「就職ガイダンスに出席しなければペナルティだ」

就職指導担当は和男に言ったが、和男は夕刊配達と集金を優先した。

《ペナルティ？　上等だよ、勝手にしてくれ》

和男は病気で配達を数日休み、その後、専業配達員の伊藤が辞めたため、店に迷惑をかけたくないと考えた。


「就職ガイダンス、どうだった？」

和男は友人の渡辺に聞いた。

「就職が決まった四年生の体験発表会だったよ」

「要点を教えてくれる？」

「Aの数が五十あると、いわゆる一流企業から内定がもらえるってことが要点かな」

《他人の体験談は参考にしないけど、俺のAは確実に五十を超える。普通の学生より俺のほうが上だ》

二月二日、春休みに入り、和男は追試を受けた。

追試の結果、科目一つを除いてA。

追試の後、二月二十日から和男は春休みに入った。

《この生活も、もうすぐ終わりだ》

二月二十五日、最後の集金が始まった。

《最後の集金だ、終わりになる挨拶をしよう》

「今までありがとうございました。俺は今回の集金で終わりになります」

和男はお客に挨拶をした。

「そう、新聞が八時頃に来たことが何度もあったから、遅すぎるのでM新聞の本社に電話したのよ。そしたら、次の日から新聞が早く来るようになってよかったわ」

そのお客は、和男に何気なく話した。

「そんなことありません。ここは毎日朝の五時頃に配達しています。それに、配達をしている俺が何も聞いていません」

和男は思わず反論した。

「そうなの？　私の思い違いかしら」

《人間っていい加減なものだな》

「今までありがとうございました」

「今までありがとうございました、俺は今回の集金で終わりになります」

「不着が何度もあったわ」

「どうもすいませんでした」

和男は謝った。

《ここは確かに一度だけ不着をした。だから俺が悪い》

「今までありがとうございました」


「今までありがとうございました。俺は今回の集金で終わりになります」

「洗剤持ってきてくれ」

「店長に確認して、了承が得られたら持ってきます」

《露骨に要求するけど、本来は公正取引法違反だ。店にポスターも貼ってあるし、俺はこうはなりたくない》

新聞業界が発行部数を重視し、拡張員の行動を管理していないことが原因だ。

拡張員は、日銭を稼ぐために洗剤をダンボール箱ごと客に渡したり、引っ越す予定の家から契約をとる。A新聞と嘘をついてM新聞の契約をとる。すぐにやめてもいいから印鑑を六個ついてくださいなどと言い、その場限りの嘘の契約をとってくるのだ。

「今までありがとうございました」

集金を続けた。

しかし、呼び鈴を押すが返事がない。

電力計の動きが早い、明らかに物音がする、居留守だ。

《この家はしょうがない。いつも通り呼び鈴を頻繁に押してやる。朝夕刊の時、深夜かかわらず呼び鈴を押す。居留守を使っても俺は必ず集金する》

「ありがとうございます」

「今までお疲れ様。これ餞別、文房具でも買ってね」

「この集金で最後になります。今までありがとうございました」

親切なお客さんもいた。


「この集金で最後になります。今までありがとうございました」

「つり銭は餞別だ、とっときな」

「ありがとうございます。」


「この集金で最後になります。今までありがとうございました」

「寂しくなるわね。この本、私が辛い時に読む本なの、あなたにあげる」

格言の本だ。

「ありがとうございます」

「この集金で最後になります。今までありがとうございました」

「そう、それなら鞄が必要でしょ、これどうぞ」

スポーツバッグだ。

「ありがとうございます」

「この集金で最後になります。今までありがとうございました」

「これ選別にあげる」

お香を焚く陶器だ。

「ありがとうございます」

「この集金で最後になります。今までありがとうございました」

「これ飲みな」

ウイスキーだ。

「ありがとうございます」

「この集金で最後になります。今までありがとうございました」

「これ食べて」

甘栗だ。

「ありがとうございます」


「この集金で最後になります。今までありがとうございました」

「これあげる。これ持っているとお金がたまるよ」

鯛のどこかの骨だ。

「ありがとうございます」


ちょっと困った家もあった。

「この集金で最後になります。今までありがとうございました」

「君、いい身体しているよね。これあげるからもっと体を鍛えなよ」

バーベルだ。

「ありがとうございます、けれど、持っていけません」

「じゃ、外に置いとくから持っていける時に持っていって。うち引っ越すから」

《なんだ、引っ越しでバーベルが邪魔なんだ。まあいいや、もらっとこ》

「ありがとうございます。後ほど取りに来ます」

「この集金で最後になります、今までありがとうございました」

「うちに上がっていきな。今、勉強会やっているから」

宗教団体の勉強会だった。

「まだ集金がありますので結構です。ありがとうございました」

集金を続けた。

「この集金で最後になります。今までありがとうございました」

「ちょっと待ってて。これ使いなさい」

三万円だ。

《このおばあちゃんは軽い認知症だ。もらうわけにはいかない》

「この間、同窓会があるって言っていましたけど、どうでしたか?」

和男は話をはぐらかし、お金を受け取らないようにした。

おばあちゃんの話は三十分以上続き、和男はうなずきながら、時々質問をした。

「ありがとうございました」

《これで集金も終わり。もうやらなくていいと思うと、少し寂しいね》

第三十七章　経験

春休みに入り、和男が配達を辞めるための引継ぎが始まった。

新しく奨学生になった近藤が、和男と一緒に配達をする。

夕刊の時、近藤は順路帳を持ち、メモをとりながら、配達先を一軒一軒覚えていく。

「そこにある、斉藤と書いてある大きなポスト」

和男が指示し、近藤が新聞をポストに投函していく。

しばらくすると、新聞拡張員が和男達の後をつけてきた。

そして、和男達が配達した家の呼び鈴を次々と押している。嫌がらせだ。

和男は配達と集金の両方を担当していた。

時に、拡張員がとった嘘の契約で嫌な思いをした場面では、嘘の契約を取ってくるなと拡張員に言い、お客には、印鑑をついたら契約になりますよと言った。

そう注意を促してきた反発で、拡張員の嫌がらせを受けることになったのだ。

和男は拡張員を睨み付けた。

拡張員は気味悪くニタニタ笑っている。

拡張員は自転車、和男達はバイク、和男達は順路を変えた。

自転車の拡張員は、バイクの和男達について来ることができない。

「ざまあみろ、ガキみたいなやつ。近藤君ごめん、順路を変えた。順路帳を貸して。ここから先に配って、さっきの続きに戻るから」


和男は、冬休みからやり残していたバイクの修理を始めた。

バイクが動かなかった原因が分かった。

四サイクルエンジンの、圧縮点火のタイミングがずれていたのだ。

タイミングアドバイザーという部品のチェーンを掛けなおし、位置を合わせることでエンジンが動きだした。

「やった、俺は天才だ」

プラグとバッテリーを交換し、バイクは好調に走るようになった。

《捨てるはずのバイクが復活した》

三月、新緑が映え、新聞奨学生生活としての時間が残りわずかとなった頃、和男は美奈子を誘い、空手の映画を見に行った。

和男は中学生の時に読んだマンガの影響から、空手をやりたいと思い続けていた。

「俺は社会人になったら、空手を始める」

和男は美奈子に言った。

映画を見た後、二人は江ノ島に行き、夕食にした。

和男がデートした相手は美奈子がはじめてだった。

和男は残り一週間で配達を辞め、最後の一年の学生生活は普通の学生として過ごし、美奈子と毎朝会うことはなくなるのだ。


引継ぎの奨学生が配達順路を覚え、いよいよ和男の新聞配達も終わりになる日。

「おはよう、ちょっとだけいい？」

美奈子が和男を呼び止めた。

「ごめん、近藤君、先に行って」

和男は近藤を先に行かせた。

「話があるの」

「配達が終わったら会おう。ファミレスで朝御飯をおごるよ」

「うん」


二人は配達を終えて、ファミリーレストランで朝御飯を食べながら話した。

「話したいことって何？」

「私ね、芸能関係の会社にスカウトされたの」

《野村さんは、よく俺に心配させるネタを提供してくれる》

「なんていう会社？　大学の会社年鑑で調べてみるよ」

《心配も含めて楽しんでやるよ》

「俺も野村さんに聞きたいことがあるんだ」

「なに?」

「俺のこと、嫌いか?」

和男は聞きたいことをストレートに聞いた。

「好きとか、嫌いとかなんて気持ち、とっくに通り越しているわよ」

《よく分からないけど、嫌いと言われなかっただけよかった》

「俺、もう配達はしないからね」

「時間に余裕ができるわね」

「そう、普通の学生になって、旅行したり、卒業研究をしたり、就職活動をしたりする。あっ、それと柔道部に入ることにした」

和男はコーヒーを飲みながら言った。

「そう」

美奈子がうつむいて言った。

「俺、いろいろあったからこそ、新聞奨学生をやってよかったと思っている」

「そう、たとえば何がよかったの」

「まず、両親と離れて両親のありがたさを知った」

「私もそうだわ」

「大学ではいい先生や友達に出会えた。それに加えて、新聞配達を通じて俺はいろんなことを経験することができた」

「そうね、私達は学生生活に加えて配達をする義務があるからね」

「そう、新聞配達で店長や店長の家族、配達の仲間、よくしてくれたお客さんや、そうでなかったお客さん、不愉快に思えた勧誘員。あの守山も、俺のことを成長させてくれたと思う。そしてなにより、野村さんと出会えてよかった」

「もう会えなくなるね」

美奈子はうつむき、小さな声で言った。

「野村さん、俺、しばらくの間、朝三時に起きてバイクでここに来るよ。朝御飯を一緒に食べよう。けれど、雨が降ったら来ないよ、ごめん」

美奈子は小さく頷いた。

終章　若い君が教えてくれたこと

《……あの頃の俺が頑張ったから、今の俺がある》
和男は、自分の手記に目を通し終えて、そう思った。

サラリーマンは、一般的に上司の命令に従うもの。

しかし、和男の上司は、人としての品格を疑わざるを得ない、卑怯な者であった。

同僚の中から、希望して部署を変わった者、我慢できなくなり退職した者、約束を反古にされ転職した者、うつ病になった者、脳梗塞になる者も出た。

《これは、明らかに異常だ》

和男は思った。

「間違っている」

和男は上司に直訴した。

しかし上司は、高圧的な態度でとぼけた。
《意味不明なことを言っている。本人に言っても無駄なことが確認できた》
「やるべきことをやってから言え」

上司は言い返した。

「私はやるべきことをやっている。口先だけのあなたとは違う」

《会社の中で一番厳しい処分はせいぜいクビだ》

「クビだ」

上司は言った。

「結構です」
和男は答えた。
《できるものならやってみろ。私は自分を好きでいたい。若い君が教えてくれた》
和男はこうなることは予想していた。
《上司に言ってダメならその上の上司。それでもダメならその上、最後は社長に直訴だ。それで事態が変わらなければ、出るところに出て、この会社とはさよならだ》
その後、和男は行動に出た。
《すべて、楽しんでやってやる》

—続く—

著者プロフィール

佐藤 和男（さとう かずお）

1963年９月21日生まれ。
神奈川県横浜市出身。
大学卒業後、一部上場企業に就職、水力発電機械の設計に従事。
就職と同時に空手道場入門、段位取得。大会入賞を経て指導員、分支部立ち上げに伴い分支部長を務める。
社内で再生可能エネルギー発電を新規事業として提案、開発・プロジェクトリーダーとして取り組む。
再生可能エネルギー発電の完成を目的に転職し、現在に至る。
柔道参段（講道館）
空手弐段（直接打撃制）
エアロビック技能検定4級（JAF）
アドバンス・スポーツダイバー（JUDF）
１級管工事監理技術者（国土交通省）

若い君が教えてくれたこと

2015年８月15日　初版第１刷発行

著　者　佐藤 和男
発行者　瓜谷 綱延
発行所　株式会社文芸社
〒160-0022　東京都新宿区新宿1－10－1
電話　03-5369-3060（編集）
03-5369-2299（販売）

印刷所　株式会社平河工業社

ISBN978-4-286-16407-6